LES DIAMANTS DE L'HIVER

DU MÊME AUTEUR

AUX PRESSES DE LA RENAISSANCE

Les Farrel, 1981
La Splendeur des orages, 1983
Les Cèdres de Beau-Jardin, 1984
Tous les fleuves vont à la mer, 1986
La Coupe d'or, 1987
Les Werner, 1988
Pour le meilleur et pour le pire, 1990
Le Collier de Jérusalem, 1991
Les Trésors de la vie, 1992

AUX ÉDITIONS BELFOND

Les Silences du cœur, 1993
À l'aube l'espoir se lève aussi, 1995
Et soudain le silence, 1996
Promesse, 1997
À force d'oubli, 1998

BELVA PLAIN

LES DIAMANTS DE L'HIVER

Traduit de l'américain
par Claire Mulkai

LE GRAND LIVRE DU MOIS

Titre original :
HOMECOMING
publié par Delacorte Press Bantam Doubleday Dell Publishing Group, Inc., New York.

Si vous souhaitez recevoir notre catalogue
et être tenu au courant de nos publications,
envoyez vos nom et adresse, en citant ce livre,
aux Éditions Belfond,
12, avenue d'Italie, 75013 Paris.
Et, pour le Canada, à
Édipresse Inc., 945, avenue Beaumont,
Montréal, Québec, H3N 1W3.

1

Le bureau était en permanence jonché de courrier, reçu ou prêt à partir. Demandes émanant d'organismes caritatifs ou d'hommes politiques, factures et lettres d'amis affluaient. Annette avait parfois l'impression que le monde entier s'adressait à elle et attendait une réponse.

Elle prit son stylo pour terminer la dernière lettre. Son écriture nette, penchée vers la gauche, s'étalait entre deux grandes marges sur la feuille de papier parfaitement lisse, au monogramme bleu foncé, décoratif mais sobre. L'ensemble, jusqu'au dos de l'enveloppe avec son nom gravé – Madame Lewis Martinson Byrne, et l'adresse au-dessous –, était plaisant. On correspondait peut-être par Internet, aujourd'hui, mais quoi de plus satisfaisant que d'envoyer ou de recevoir une lettre écrite avec soin ? Et si beaucoup de gens choisissaient l'abréviation « Mme », Annette, elle, préférait « Madame », un point c'est tout.

Après avoir cacheté l'enveloppe, elle la posa sur le dessus de la pile bien rangée, soupira : « Ça y est, c'est fini », se leva et s'étira. À quatre-vingt-cinq ans, même si le médecin affirme que votre organisme en a dix de moins, vous pouvez vous attendre à des raideurs après être restée si longtemps assise. En fait, vous pouvez vous attendre à n'importe quoi, songeait-elle avec l'humour qui la caractérisait.

Les jeunes trouvent les vieux comiques. Un jour – elle n'avait pas dix ans –, sa mère l'avait emmenée rendre visite à une femme qui habitait au bout de la route. Elle revoyait la scène comme si c'était hier – bien des choses lui faisaient cet effet, désormais.

« Elle est très âgée, Annette. Elle a au moins quatre-vingt-dix ans. Elle s'est mariée et a eu des enfants à l'époque de la présidence de Lincoln. »

Cela n'avait rien évoqué pour Annette.

« Mon neveu m'a emmenée dans sa machine, avait raconté la vieille dame. Nous avons fait tout le trajet sans cheval. » Émerveillée, elle avait répété : « Sans cheval. »

Annette avait trouvé cela ridicule.

« Eh bien, c'est mon tour, dit-elle tout haut. Pourtant, je ne me sens guère différente de ce que j'étais à vingt ans. » Une fois de plus, elle se moqua d'elle-même. « Seul mon physique a changé. »

Sur le portrait accroché entre les deux

fenêtres, dans un cadre doré, elle demeurerait pour l'éternité une jeune femme blonde de trente ans, vêtue d'une robe en velours rouge. Lewis avait voulu la mettre bien en vue dans la salle de séjour, plutôt que dans la bibliothèque, plus intime. Mais elle avait refusé ; les portraits appartenaient au domaine privé, il ne fallait pas les exhiber devant le monde.

Lui faisant face sur le mur opposé, dans un cadre semblable, Lewis arborait l'expression qu'il avait eue dans la vie : attentive, chaleureuse, légèrement amusée. Quand elle se trouvait seule dans la pièce, elle lui parlait souvent.

« Ce que j'ai vu aujourd'hui t'aurait amusé, Lewis – ou attristé, ou fâché. Que penses-tu de cela, Lewis ? Es-tu d'accord ? »

Sa mort remontait à dix ans, mais sa présence dans la maison restait forte. C'était une des raisons – la principale, en fait – pour lesquelles Annette n'avait pas voulu déménager.

Cette demeure avait été pleine de vie, d'enfants, d'amis, de musique, et restait une maison animée, grâce aux scouts qui se réunissaient dans la grange aménagée, et aux classes de nature qui venaient régulièrement. Cette ancienne ferme, située dans un vaste paysage à deux ou trois heures de route de New York, avait d'abord été transformée en résidence secondaire – l'une des moins luxueuses du coin – avant que Lewis et Annette la rachètent dès que leurs moyens le leur avaient permis. Le parc, la colline, l'étang et la prairie – de vraies merveilles – devaient, à la mort d'Annette, revenir à la ville et être ainsi pour toujours ouverts au public. L'idée venait de Lewis. Son amour des plantes et des arbres l'avait poussé à aménager une serre accolée à la cuisine. Les sapins de Noël avaient toujours été des arbres vivants, et, aujourd'hui, quand on regardait au-delà de la prairie, on apercevait un magnifique bois de pins sylvestres et d'épicéas.

Bien sûr, c'était trop grand, mais Annette aimait cet endroit. En particulier la bibliothèque – une pièce... comment la définir... *cosy* ? Non, ce terme, trop faible, suggérait une surcharge d'objets, une débauche d'étoffes colorées, de plantes, de coussins. Ici, les murs étaient tapissés de livres : romans, biographies, recueils de poésie, ouvrages d'histoire. Les couleurs offraient une large gamme de bleus très doux. En cette journée d'hiver, une amaryllis en pot égayait le bureau de sa fleur rouge foncé.

Dans un coin se trouvait le panier des deux king-charles. Lewis et Annette avaient toujours eu des épagneuls. Roscoe, un bâtard gauche et laid, aux yeux tristes, avait son tapis à lui. Il dépendait totalement d'Annette, qui l'avait trouvé, abandonné et affamé, sur une plage des Caraïbes. Elle se demandait si, après ces années d'une vie douillette, il se souvenait encore de ses malheurs passés. Elle s'interrogeait beaucoup sur les animaux. Elle s'interrogeait sur tout, en fait... Mais elle avait intérêt à se dépêcher si elle voulait que sa pile de lettres parte aujourd'hui.

C'était un de ces matins d'hiver agréables, calmes, froids et sans vent. L'étang, immobile, étincelait comme de l'acier ; il ne tarderait pas à geler, si le froid persistait. Annette enfila une veste épaisse et, suivie de ses chiens, se dirigea vers la boîte aux lettres, au bout de l'allée.

2

« Papa ! Je n'ai pas dit que je n'irais pas. J'ai juste dit que je n'avais pas envie d'y aller.

— Je comprends, Cynthia. Nous avons mal pour toi, tu ne peux pas savoir à quel point. »

Elle l'entendit soupirer à l'autre bout du fil, et l'imagina là-bas, assis dans son fauteuil, dominant le Potomac, le combiné à la main, le Jefferson Memorial en face de lui. Elle savait que ses parents souffraient, comme on peut éprouver de la souffrance pour la victime d'un bombardement ou pour une personne amputée, mais sans connaître vraiment la douleur de celui qui est atteint.

Le petit mot de sa grand-mère était posé sur ses genoux – écrit, bien entendu, sur le papier à lettres familier qui accompagnait les souhaits et les cadeaux d'anniversaire depuis l'époque où Cynthia savait lire.

Viens samedi, à l'heure qui t'arrange. Passe ici la journée et la nuit. Reste aussi longtemps que tu voudras, si tu n'as rien de mieux à faire.

Cynthia adorait la gentillesse de Gran, son humour et ses manières démodées. Mais elle ne se sentait pas d'humeur. Préparer des affaires pour la nuit, dormir dans un autre lit que le sien, même ces choses simples lui coûtaient trop d'efforts, pour le moment.

« Maman est là ? questionna-t-elle.

— Non, elle assiste à la réunion d'un organisme caritatif. Ta mère, une vraie New-Yorkaise, s'est adaptée à merveille à Washington, alors que moi, ça m'a pris beaucoup plus de temps. L'administration, c'est autre chose que le monde des affaires, crois-moi. »

Cynthia savait que son père faisait la conversation parce qu'il n'avait pas envie de raccrocher, de rompre le lien. Il voulait des réponses à des questions qu'il répugnait d'ordinaire à poser. Cette fois, il osa.

« Je déteste parler de ça, mais as-tu des nouvelles d'Andrew ?

— Non, répondit-elle d'un ton brusque. Pas depuis la dernière explication, d'ailleurs inutile, il y a plus d'un mois, quand je me suis fait mettre sur liste rouge. Apparemment, il n'a pas encore pris d'avocat. Le mien estime qu'on ne peut pas attendre davantage pour engager la procédure de divorce.

— Qu'est-ce qu'il attend, bon sang ? » Pas de réponse. « Le salaud ! Et dire que je l'aimais vraiment bien.

— Je sais. Il le méritait, n'est-ce pas ? C'est d'autant plus dommage pour moi.

— Au fait, est-ce que tu vois toujours ce... docteur ?

— Le psy, tu veux dire ? Non, j'ai laissé tomber la semaine dernière. Franchement, je trouve que m'occuper des sans-abri me fait autant de bien, sinon plus.

— Tu as sans doute raison. »

Il le pensait sûrement. En parfait puritain, son père désapprouvait l'apitoiement sur soi, la faiblesse et l'échec. Surtout l'échec d'un mariage. Il n'y avait jamais eu de mariage raté, dans la famille Byrne. Mais il était trop délicat pour dire une chose pareille. Cela aussi, elle le savait.

« Quoi que tu en penses, cette visite te remontera le moral, Cindy. Nous ferons comme d'habitude le tour de l'étang au pas de course, les chiens de Gran sur les talons, puis nous irons au village. Ta mère et moi désirons vraiment que tu viennes. D'accord ?

— Pourquoi cette invitation ? Ce n'est pas son anniversaire.

— Nous lui manquons, tout simplement. Si tu as le temps, achète une boîte de ces macarons au chocolat dont elle raffole, tu veux bien ? Anniversaire ou pas, ta mère lui offre un châle en soie. Nous prendrons l'avion vendredi matin de bonne heure pour New York. Je crains que tu ne doives louer une voiture. Dommage que tu aies laissé la Jaguar à Andrew.

— Qu'il la garde ! Qui a besoin d'une voiture à New York ? De toute façon, c'est lui qui l'avait payée.

— Bon, bon, d'accord, ma chérie. À vendredi. »

À quoi bon discuter ? Autant accepter cette visite chez Gran.

Cynthia resta assise à observer ses mains, posées sur ses genoux. Elle avait une petite marque blanche à l'annulaire gauche, et une semblable à la main droite, à la place de la bague de fiançailles. On aurait pu croire qu'au bout de quatre mois ces marques auraient disparu, songea-t-elle.

« On devrait photographier tes mains, disait souvent Andrew, ou même les sculpter. Elles ont une beauté classique. »

En dépit de ce que pensait Andrew, Cynthia ne se trouvait pas belle, en tout cas pas selon les canons classiques. Grande et mince, la peau claire, une masse de cheveux noirs et fins, elle avait beaucoup d'élégance. Comme elle travaillait dans un magazine de mode, elle savait se mettre en valeur.

« Je t'ai tout de suite remarquée, lui avait dit Andrew, le premier soir. Je ne voulais pas assister à ce cocktail, mais j'y étais obligé. En entrant, je t'ai aperçue, impériale dans ta robe bleu marine, au milieu de cette foule bruyante et bigarrée. Tu te souviens ? »

Elle n'avait rien oublié. Rien. Elle était vêtue de bleu marine, en effet, comme à son habitude. C'était sa signature. Les élégantes, à New York, portaient du noir, alors elle s'habillait en bleu marine. Différente, mais pas trop.

« Tu avais ce regard pétillant, aimait-il à rappeler, que tu prends quand tu as envie de rire, mais tu es trop polie pour le montrer. Pas un air supérieur – cela ne te ressemble pas –, mais juste un peu amusé, comme si tu t'interrogeais sur le pourquoi de toute cette agitation. »

Amusé. Le grand-père Byrne aussi avait eu ce regard-là.

« J'aime ton calme, lui disait Andrew. Tu ne cries pas "Bonjour !" avec ce faux enthousiasme qu'ont la plupart des gens. J'aime ta façon d'écouter la musique, ta main dans la mienne, sans rien dire, jusqu'à ce que la dernière note expire. »

Andrew avait un très beau visage, un nez busqué, une peau douce et des yeux gris clair, au regard pensif, qui contrastaient avec son teint mat. C'était un souvenir intolérable, désormais. Une métamorphose avait changé toute la douceur en fiel, en amertume, en colère...

Cynthia se leva et alla à la fenêtre. New York, malgré sa splendeur, lui apparaissait, cet après-midi, comme un chaos de tours et de flèches, un désert de pierre menaçant, sous le ciel lugubre et détrempé. S'il n'avait pas plu à torrents, elle serait sortie et aurait marché dans la ville jusqu'à l'épuisement.

« Que vais-je faire ? dit-elle à voix haute. Je commence à ne plus me supporter, et il ne faut pas que je devienne un fardeau pour les autres. Surtout pas. »

Cynthia se retourna et regarda autour d'elle, espérant sans doute découvrir dans cette pièce, parmi les ruines d'une vie brisée, un signe, une explication, une direction. Mais les coffres en bois, les tapis persans et les tableaux de l'École de l'Hudson, avec leurs collines arrondies et leurs champs enneigés – toutes ces choses de bon goût qui s'imposaient dans l'appartement d'un jeune banquier en pleine ascension sociale –, ne fournissaient aucune explication au naufrage. Aucune.

Elle alla dans le couloir. Trente et un pas de bout en bout. Plus, même, si on prenait comme point de départ le mur du fond de la salle de séjour. En démarrant à deux heures du matin, on pouvait facilement parcourir un kilomètre et demi avant l'aube et, avec un peu de chance, trouver le sommeil.

Après la chambre, où, désormais, elle dormait seule dans un somptueux lit vert mousse, se trouvaient deux portes fermées. Le personnel qui entretenait ces deux pièces avait ordre de les laisser en l'état et de veiller à bien en refermer les portes.

Soudain, Cynthia éprouva le besoin d'y jeter un coup d'œil. Les chambres, à part la couleur – rose pour l'une et bleu pour l'autre –, étaient identiques et comportaient chacune un berceau, un rocking-chair, un coffre à jouets et des animaux en peluche, en rang sur une étagère. Les stores baissés laissaient filtrer une lumière paisible et funèbre, comme dans une chambre funéraire...

Elle se souvenait de tout dans les moindres détails.

« Des jumeaux », avait annoncé le médecin avec un sourire jovial. Attendre des jumeaux semblait revêtir un caractère comique. Une gentille farce de la nature, en quelque sorte, avait-elle songé en rentrant. Et cela l'avait fait rire.

L'air était vif, en cette journée d'automne, et elle marchait d'un bon pas. Il y avait comme une odeur de feuilles mortes qu'on brûle – Dieu seul savait d'où cela pouvait venir, car, dans ce coin de Manhattan, on imaginait mal quelqu'un faire du feu dans une cour. En revanche, les chrysanthèmes envahissaient les devantures des fleuristes. Cynthia acheta un bouquet de chrysanthèmes pompons blancs, puis passa à la boulangerie prendre un paquet de cookies aux pépites de chocolat – sa dernière gourmandise jusqu'à la naissance des jumeaux. Une fois rentrée, elle disposa les fleurs sur la table, sortit l'argenterie – un cadeau de mariage –, alluma des bougies, versa du vin dans les verres et attendit Andrew. Comme elle travaillait souvent tard au journal, la jeune femme avait rarement l'occasion de l'accueillir à dîner avec tant de faste.

Andrew s'était exclamé : « Fantastique ! Voilà pourquoi tu t'es mise à ressembler à un bébé éléphant. Dire que, quand je t'ai épousée, tu avais la taille si fine que je pouvais en faire le tour avec mes mains. »

Il l'avait embrassée sur la bouche, le cou, les mains, lui avait dit à quel point il était heureux et quelle chance ils avaient. Puis, presque aussitôt, il avait pris la direction des opérations.

« Il faudra que tu ailles à ton travail en taxi. J'insiste. L'hiver arrive, et les rues risquent de glisser, même avec très peu de neige.

— Voilà que tu décides à ma place ! » s'était-elle récriée sur le ton de la plaisanterie.

Mais lui parlait sérieusement. « Oui, et j'ai l'intention de continuer. Tu prends trop de risques. Je parie que tu vas vouloir skier.

— J'aime quand tu fronces les sourcils, lui avait-elle dit en caressant les deux plis verticaux à la base de son front. Tu as l'air si sévère... J'aime la ligne de tes sourcils, et la façon dont tes cheveux retombent sur le côté gauche. Pourquoi toujours sur le côté gauche ? Et j'aime...

— Arrête... Tu aurais pu trouver un type vraiment beau si tu t'en étais donné la peine. »

Andrew échafaudait déjà des plans : « Nous ferions bien de commencer tout de suite à chercher un appartement plus grand. Deux berceaux ne tiendront jamais dans cette petite chambre. »

Deux berceaux, des couvertures, un double landau, une seconde layette complète, une chaise haute supplémentaire et une poussette double – autant de prétextes, pour les grands-parents, de virées au rayon « bébés » des grands magasins.

Cynthia avait toujours eu conscience d'être née sous une bonne étoile mais pouvait cependant imaginer qu'il n'en allait pas de même pour tous. Admise dans une université huppée, elle avait eu la chance d'abord de réussir les examens d'entrée, ensuite de ne pas subir les pressions financières qui pesaient sur tant de ses camarades. Quand elle rentrait chez ses parents pour les vacances, elle se rendait très bien compte qu'ils vivaient dans une maison particulièrement belle et confortable.

Son mariage avec Andrew ne fit aucun problème non plus. Leurs familles se ressemblaient et sympathisèrent aussitôt. Ils se marièrent sans attendre – puisqu'ils étaient sûrs d'eux, ils n'avaient pas besoin d'éprouver leurs sentiments en vivant d'abord ensemble. La cérémonie, traditionnelle, eut lieu dans une grande et vieille église gothique, accompagnée d'une musique d'orgue ; Cynthia, vêtue de la robe en dentelle de sa mère, tenait à la main un bouquet de roses blanches.

Et maintenant, toujours avec la même aisance, ils faisaient des projets pour l'arrivée des jumeaux.

Un jour, à l'approche du printemps, le médecin annonça : « Eh bien, Cynthia, vous allez avoir un garçon et une fille. » Étant donné l'âge du vieux monsieur, on pouvait lui pardonner son clin d'œil amusé. « Vous avez tout prévu, n'est-ce pas ? Bien joué ! »

Elle était folle de joie. « Ce n'est pas possible ! Vous êtes sûr ?

— Sûr et certain. »

Désormais, il faudrait deux chambres, car on ne pouvait pas laisser un garçon et une fille ensemble éternellement. Sur le chemin du retour, elle avait imaginé la décoration de ces pièces : des cow-boys dans l'une, peut-être, et des ballerines dans l'autre ? Non, trop banal. Et les prénoms : tous deux commenceraient-ils par la même lettre, Janice et Jim, par exemple ? Non, c'était bébête. Pourquoi pas Margaret, ou simplement Daisy, comme sa mère, ou bien Annette, comme Gran ? À Andrew de choisir le prénom du garçon. Il y avait tant d'agréables problèmes de ce genre à résoudre !

Cette fois-là, pour le retour d'Andrew, elle avait disposé un bouquet de tulipes écarlates près du seau à glace.

« Il va nous falloir un très grand appartement, avait-il dit. N'oublie pas la chambre de la nurse. »

Il leur faudrait une nurse, bien sûr, parce que Cynthia reprendrait son travail. Mais tous deux étaient bien décidés à passer tous leurs week-ends avec les enfants.

Ils consacrèrent les mois suivants à la décoration de leur nouvel appartement, situé à un étage élevé, donnant sur Central Park, dans un quartier très recherché – peut-être un peu trop luxueux pour eux, songeait Cynthia. Tel n'était pas l'avis d'Andrew.

« Ce n'est pas déraisonnable, lui assura-t-il. Nous travaillons tous les deux et nous gagnons bien notre vie. Même sans ton salaire, nous nous en sortirions, il nous faudrait juste économiser sur autre chose. Il s'agit d'un investissement, un foyer pour nous quatre, ou peut-être plus ? »

La naissance, comme prévu, se déroula sans problème. Timothy et Laura, quatre kilos trois cents grammes à eux deux, arrivèrent par une agréable journée de juin, à un moment commode, ainsi que le souligna Cynthia – entre seize heures trente et dix-sept heures, ce qui permit à leur père et à leurs grands-parents, fous de joie, de célébrer l'événement au dîner. Ce n'étaient pas de vrais jumeaux, mais ils avaient tous deux les yeux d'Andrew, des fossettes au menton et des cheveux noirs et abondants, comme Cynthia.

Le surlendemain, on les amena dans leurs jolies chambres et on les confia aux soins d'une nurse dotée d'un heureux caractère, Maria Luz, une Mexicaine qui avait élevé elle-même trois enfants. Durant les premiers jours, l'appartement connut une agréable effervescence ; les amis venaient, babillaient, s'extasiaient et repartaient en laissant des monceaux de papier de soie et de boîtes en carton glacé contenant de quoi habiller six bébés. Puis, peu à peu, le calme revint et la routine s'installa, si bien qu'on aurait pu croire que Timothy et Laura avaient toujours vécu là.

C'étaient des bébés faciles, selon Maria Luz et d'après ce que Cynthia avait lu dans les livres de puériculture. Ils pleuraient très peu, s'endormaient vite, faisaient des nuits complètes, grossissaient normalement, et ils se redressèrent à l'âge où ils étaient supposés le faire.

Le dimanche après-midi, au parc, les gens se retournaient au passage du double landau. Et Cynthia, vigoureuse et en bonne santé, bien habillée, le ventre plat, se disait qu'elle avait beaucoup de chance – qu'ils avaient *tous* beaucoup de chance.

« Je n'aurais jamais cru, disait Andrew, que je serais à ce point dingue de mes enfants. J'ai toujours trouvé stupides les gens qui sortent des photos de leur portefeuille sans qu'on le leur demande, et voilà que maintenant j'en fais autant. »

Les mois passaient. Le premier anniversaire arriva ; il y eut une fête, des cadeaux, des chapeaux en papier, des visages et des mains barbouillés de sucre, tout cela filmé en vidéo dans la gaieté. Bientôt – déjà ! – on mit le landau de côté et on adopta la poussette double. Laura et Tim avaient un an et demi.

Et voilà qu'une pensée faisait lentement son chemin dans l'esprit de Cynthia : peut-être que deux, ce n'était pas suffisant ? Ne serait-il pas temps de songer à un troisième ? Pourquoi pas ? Elle venait d'obtenir une augmentation substantielle. La vie était magnifique...

Quelle sensation merveilleuse de rentrer plus tôt à la maison, pour une fois. Quelque chose dans l'air annonçait l'hiver, et Cynthia marchait vite avec ses baskets, balançant à bout de bras le sac qui contenait, outre ses achats, les élégantes chaussures à talons hauts qu'elle portait au bureau. Elle arriverait à temps afin de donner leur bain aux enfants, ou du moins à l'un des deux, pendant que Maria Luz s'occuperait de l'autre ; Tim était si remuant qu'il fallait mettre un tablier en plastique pour ne pas se faire asperger.

Parvenue à l'entrée de son immeuble, Cynthia souriait encore en y pensant. Contrairement à son habitude, Joseph, le gardien, ne lui rendit pas son sourire. Il avait l'air sombre. Fâché ? s'interrogea-t-elle avant de pénétrer dans le hall. Devant l'ascenseur, sa voisine de palier l'aborda aussitôt ; elle aussi avait une expression bizarre, et Cynthia sentit des frissons d'inquiétude lui parcourir l'échine.

« Cindy... » fit la femme.

Il était arrivé quelque chose.

« Montons. Ils vous ont cherchée, mais...

— Qu'y a-t-il ? Que se passe-t-il ?

— Un accident. Cindy, oh, mon petit, il va falloir que vous soyez... »

L'ascenseur s'arrêta, la porte s'ouvrit, et un murmure de voix sourdes les accueillit. Une foule de gens se trouvaient rassemblés là : les parents de Cynthia, les parents et le frère d'Andrew, la meilleure amie de Cynthia, Louise, leur médecin, le docteur Raymond Marx, et...

« Où est Andrew ? » hurla Cynthia, et elle se mit à courir en bousculant tout le monde.

Il était affalé sur le divan, la tête entre les mains. En entendant la voix de sa femme, il leva les yeux. Il était en larmes.

« Andy ? murmura Cynthia.

— Cindy. Chérie. Un accident. Il y a eu un accident. Oh, mon Dieu. »

Alors, elle comprit. Elle avait l'impression d'avoir du sang dans la bouche.

« Les petits ? »

Quelqu'un la prit par le bras et la fit asseoir près d'Andrew. Le docteur Marx parlait à voix basse, tout en lui appuyant sur les épaules.

« C'est une voiture, un taxi. En tournant au coin de la rue, il est monté sur le trottoir.

— Mes enfants ? »

Les paroles murmurées pénétraient comme des lames dans ses oreilles. « Mes bébés ? hurla-t-elle encore.

— Il a heurté la poussette.

— Pas mes bébés ?

— Oh, Cindy, Cindy... »

Ce furent les derniers mots qu'elle entendit avant de sombrer.

Quand Cynthia se réveilla, elle était couchée dans sa chambre, Andrew allongé à l'extrémité du lit, tout habillé. Bizarre. Elle leva un bras, et la manche de sa chemise de nuit retomba. Normal. Le soleil éclairait le plafond – normal, ça aussi.

Pourtant, quelque chose avait changé. Soudain, tout lui revint à l'esprit, et un horrible sentiment d'angoisse et d'incrédulité la submergea. « Non ! Il ne s'est rien passé ! J'ai fait un cauchemar, n'est-ce pas ? C'est un mensonge. Où sont-ils ? Il faut que je voie mes petits. »

Andrew s'agenouilla près du lit et tenta de la prendre dans ses bras. Mais elle le repoussa et se précipita comme une folle vers la porte. Celle-ci s'ouvrit, livrant passage à une infirmière en blanc qui tenait à la main un flacon et un verre.

« Prenez ceci, dit-elle gentiment. Ça vous calmera.

— Je ne veux pas me calmer. Je veux mes enfants. Pour l'amour de Dieu, allez-vous m'écouter ? » Ce n'était plus un cri, mais un hurlement. Elle-même en eut les oreilles déchirées. Je deviens folle, songea-t-elle.

« Vous devez prendre ceci, madame Wills. Et vous aussi, monsieur Wills. Vous avez besoin de sommeil. Vous n'avez pas dormi depuis hier matin.

— Cynthia, intervint sa mère, prends ce médicament, ma chérie. Je t'en prie. Recouche-toi. Le docteur a dit...

— Je veux les voir. Ils ont besoin de moi.

— Tu ne peux pas les voir, ma chérie.

— Pourquoi ? Pourquoi ?

— Oh, Cindy...

— Ils sont donc morts ? C'est ça ? Morts ?

— Oh, Cindy...

— Qui a fait ça ? Pourquoi ? Oh, mon Dieu, laissez-moi le tuer, lui aussi. Oh, mon Dieu !

— Je t'en prie. Pense à Andrew. Il a besoin de toi. Vous avez besoin l'un de l'autre. »

Lui fit-on une piqûre ? Lui donna-t-on un autre cachet ? Elle n'en savait rien. Elle se souvenait juste que le soleil avait disparu.

Quand elle se réveilla, il faisait nuit. Les lampes étaient allumées. Plusieurs personnes parlaient à voix basse. Maintenant, Cynthia était assez consciente pour comprendre ce que disaient ces gens.

Selon des témoins, le taxi, qui roulait

beaucoup trop vite, avait heurté de plein fouet la poussette, et celle-ci avait quitté le trottoir. Les jumeaux étaient morts sur le coup. On avait emmené la pauvre Maria Luz, blessée, à l'hôpital, on l'avait soignée et laissée sortir. Elle logeait maintenant chez des parents à elle. Les enfants seraient enterrés dans le caveau de famille des Byrne, à la campagne.

Tels étaient les faits. Rien à ajouter. Ainsi se terminait son histoire. La bonne étoile avait fait place à la tragédie.

Le matin du troisième jour, Cynthia se réveilla en entendant un bruit de cintres qu'on déplaçait sur la tringle de sa penderie.

« Je cherche ce qu'elle pourrait mettre. Il va faire froid, disait sa mère.

— Il faudra le lui demander. Je ne sais pas, répondit Andrew.

— Le médecin lui donne trop de médicaments. Elle est en permanence à moitié endormie.

— Jusqu'à l'enterrement, a-t-il dit.

— Bon, je suppose... Oh, te voilà, ma chérie ! Je cherchais dans tes affaires des vêtements noirs. »

Tous deux portaient du noir, sa mère un tailleur, Andy un costume, avec la cravate qu'il avait dû acheter pour les obsèques de son oncle. Quelle importance pouvait bien avoir la tenue ?

« Je ne porte jamais de noir, dit-elle.

— Le bleu marine ira très bien, ma chérie. Cette robe en laine, avec un manteau confortable, sera parfaite. Veux-tu que je t'aide à t'habiller ?

— Non, ça va aller, maman. Merci.

— Alors je te laisse. Ton père s'est occupé de la voiture. Il nous reste juste le temps d'avaler un morceau avant de partir.

— Je n'ai pas faim.

— Tu dois te nourrir, ma chérie. Andrew, obligez-la à manger. Et vous aussi, prenez quelque chose.

— Ils se sont chargés de tout. Ils ont été formidables, dit Andrew, une fois Daisy sortie.

— Est-ce qu'ils... je veux dire... est-ce que Tim et Laura... est-ce que nous...

— Ils sont déjà là-bas. Oh, mon Dieu, Cindy... »

Ils restèrent serrés l'un contre l'autre un long moment, se soutenant mutuellement. Puis ils se redressèrent, Andrew agrafa la robe de Cynthia, elle lui tendit un mouchoir, et ils sortirent.

Le silence dura pendant presque tout le trajet en limousine, rompu seulement par les brèves indications que le père de Cynthia donnait au chauffeur. Andrew et Cynthia se tenaient par la main. À un moment donné, la jeune femme dit à son mari : « As-tu l'impression que tout cela a la moindre réalité ? », mais, en guise de réponse, il secoua la tête.

Pour elle, la réalité vacillait, flottait dans une espèce de vague détachement, tout aussi terrifiant. Allait-elle perdre l'esprit ? La réalité, c'était le souvenir d'un autre jour, dans une autre longue limousine, non pas noire et sinistre comme celle-ci, mais blanche, et décorée par un de leurs amis, pour plaisanter, de la banderole « Jeunes mariés » ; elle portait alors un tailleur en lin vert pâle, et ils se tenaient la main, comme aujourd'hui. La réalité, c'était le retour de la clinique, un bébé dans les bras de Cynthia, un autre dans ceux d'Andrew.

Elle cligna fort les yeux pour chasser ces images. Le moment ne convenait guère à de telles évocations...

« Nous sommes presque arrivés », annonça soudain son père.

La voiture tourna et passa devant un parking archiplein, avant de s'arrêter dans une allée noire de monde. Cynthia eut envie de fuir, d'échapper à ces regards débordants de sympathie et à ces paroles murmurées à voix basse. C'était pourtant très gentil de la part de ces gens d'être venus. Elle comprit alors ce qu'on attendait d'elle : prendre le bras d'Andrew, entrer dans l'église et avancer droit vers les deux petits cercueils blancs. Ce qu'elle fit.

Elle avait l'impression de s'être dédoublée, depuis deux jours, et le moi extérieur qui l'observait remarqua les fleurs – en couronnes, en paniers, en gerbes – posées par terre. Des fleurs blanches, comme les lis sur les cercueils. Symbole de pureté et d'innocence.

Mais Tim n'avait pas été innocent ! C'était un coquin, un polisson qui arrachait les gâteaux des mains de Laura et la faisait pleurer. « Tim est un petit dur », dit souvent Andrew avec fierté – non : *disait* Andrew. Un petit dur.

Son autre moi la surveillait de près, lui intimait de tout mémoriser, parce que c'était la dernière fois qu'elle les toucherait, ou plutôt qu'elle toucherait les fleurs et les cercueils. Cynthia se pencha et effleura du bout des doigts les couvercles en bois, doux comme du satin, et froids. Les pétales des lis, eux aussi, étaient froids.

Un orgue jouait des sons feutrés, hésitants, pareils à des murmures ou à des bruits de pas dans une chambre où dort un enfant. Quand il se tut, une chaude voix masculine s'éleva et prononça des mots poétiques et vaguement familiers, qui ne parlaient que d'amour et de miséricorde. Des prières. Des paroles belles, douces. Bien intentionnées. Dans son dos, Cynthia entendait les petits bruits de toux et les bruissements légers de ces gens polis et bien intentionnés. Elle se demanda quand tout cela allait finir.

Et soudain, ce fut terminé. L'orgue reprit sa douce mélodie, des hommes chargés de porter les petits cercueils apparurent, quelqu'un dit : « Viens, Cynthia. » Les gens se dirigèrent deux par deux vers la sortie, Andrew et Cynthia en tête.

La lumière du jour les éblouit. Ils suivirent l'allée de gravier, bordée de chaque côté d'herbes sèches et brunes, vestiges de l'été, et entrèrent dans le vieux cimetière.

Plusieurs générations de Byrne et d'ancêtres de Laura et Tim reposaient là. Cet endroit n'avait jamais été triste, juste vaguement intéressant quand, enfant, on vous y emmenait le jour des Morts, et davantage quand vous étiez assez grande pour vous intéresser à l'Histoire. Tant d'enfants étaient enterrés sous ces pierres tombales grises, ravagées par le temps, aux inscriptions effacées. Molly, trois ans, désormais en compagnie des anges. Susannah, deux ans. Morte sans doute d'avoir bu du lait de vache souillé, au moment du sevrage. Ethan, dix-huit mois et seize jours. Dix-huit mois, songea Cynthia. Comme les miens. Il faut que je pense à compter les jours. Mais je n'y arrive pas, là maintenant, et je n'ai pas le temps.

En effet, ils étaient parvenus à côté de la fosse, recouverte d'un drap vert destiné à cacher les mottes de terre et les cailloux – cette terre que, par égard pour eux, on ne creuserait qu'après leur départ.

La foule s'était réduite aux parents et aux intimes : Gran, les yeux rouges et gonflés ; les proches d'Andrew ; la cousine Ellen, qui pleurait derrière son mouchoir ; la rédactrice en chef et l'équipe du magazine ; et

– incroyable, s'étonna Cynthia – la pauvre Maria Luz, accompagnée de quelqu'un de sa famille, qui s'était débrouillée pour trouver le chemin. Tous étaient venus dire adieu à Laura et Tim.

Oh, Tim, Laura, mes chéris, vous n'avez pas été longtemps parmi nous, mais nous ne vous oublierons pas, nous n'oublierons pas vos sourires, vos premières dents, vos longs cils, vos cris, vos joues rouges et vos mains potelées...

« Amen », fit la belle voix, et le cercle des personnes rassemblées répondit : « Amen. »

Quelqu'un, la mère d'Andrew, ou la sienne, ou quelqu'un d'autre dit doucement : « C'est fini, Cynthia. »

Elle reprit la main d'Andrew, tout humide de larmes. Le petit groupe s'écarta pour les laisser regagner la voiture. Des commentaires à voix basse ponctuaient leur passage : « Il paraît que c'est la faute du taxi. » « J'étais à leur mariage. » « D'un courage remarquable. » « La chose la plus triste que j'aie jamais vue. » Une femme regarda Cynthia dans les yeux, comme si elle voulait dire quelque chose et ne savait comment le formuler.

Arrivés au bout de l'allée, ils montèrent dans la limousine et prirent le chemin du retour.

Durant une longue période, chacun se raccrocha à l'autre. Leurs parents avaient beau les aimer et pleurer avec eux, cette douleur atroce restait la leur. Andrew et Cynthia devinrent très solitaires. Ils faisaient de grandes promenades dans le parc enneigé où naguère ils poussaient avec fierté le landau des jumeaux – quand l'avenir leur appartenait et que le monde était un champ de fleurs.

Le soir, ils écoutaient de la musique ensemble. Les informations n'avaient aucun sens pour eux. L'appartement était désormais très silencieux. Ils ne guettaient plus ni cris ni appels. Seule la musique classique, la musique solennelle brisait le silence. Avec tact, leurs amis téléphonaient afin de les inviter à dîner ou à aller au cinéma, et, avec le même tact, comprenaient leur refus.

Une fois par semaine, ils allaient voir un psychologue. Tout le monde sait qu'il faut faire cela quand une tragédie vous a frappé. Andrew cessa le premier ces visites.

« Cela ne fait que retourner le couteau dans la plaie, expliqua-t-il. Je n'ai pas besoin qu'on me dise que je dois continuer à vivre. Je suis bien conscient que, si je perds mon emploi, les candidats se bousculeront pour prendre ma place !

— Quel emploi ? Ça ne sert à rien.

— Nous devons manger, Cindy.

— Vraiment ? Je ne vois pas pourquoi. Je n'ai pas faim, et je me fiche de l'endroit où je vis. Je n'ai besoin de rien.

— Je sais. Mais nous ne pouvons pas nous tuer.

— Si ce n'était pas pour toi, je le ferais.

— Ne dis pas cela, Cindy, soupira Andrew.

— Pourquoi pas ? C'est la vérité. » Elle se leva et se mit à arpenter la pièce. « Je n'aurais pas dû travailler. J'aurais dû m'occuper de mes enfants. Je ne me le pardonnerai jamais. Jamais. Quand je me regarde dans la glace, je vois "Coupable" écrit sur mon front en lettres de feu. Oui, c'est vrai.

— C'est idiot, chérie. C'était un horrible accident, qui aurait pu nous arriver, à toi, à moi, à n'importe qui.

— Tu sais quoi ? Je vais quitter ce boulot stupide. Voilà ce que je vais faire.

— Pas de précipitation. Tu as pris un congé de longue durée, attends qu'il s'achève, ensuite tu décideras. Il est encore trop tôt pour un tel changement. »

Impossible pour Cynthia d'imaginer retourner au bureau, de subir condoléances et regards apitoyés, de devoir être chic, à la mode, et courageuse. Il lui faudrait trouver un travail tout à fait différent, où personne ne lui rappellerait le passé.

Oui, elle trouverait autre chose, mais pas tout de suite. Elle n'y était pas encore prête. De toute façon, mon travail est absurde, songeait-elle. Il n'a aucun sens. La mode ! Des vêtements futiles pour des femmes qui ne connaissent pas la vraie vie. Les robes seront-elles plus longues ou plus courtes, cette saison ? Je n'en sais rien. Mais les vestes se portent ajustées, cette année, alors bien sûr vous devez fiche en l'air vos vestes de l'an dernier.

Elle voyait Andrew plein de pitié à son égard. Mais elle aussi avait mal pour lui. Il n'arpentait pas l'appartement, comme elle, pour soulager sa tension. Il ne le faisait pas parce que, sans doute, il pensait qu'il ne devait pas le faire. Un homme ne doit pas s'abandonner au chagrin, n'est-ce pas ? Voilà ce qu'on leur apprend, les pauvres.

La nuit, ils dormaient étroitement enlacés. Quand ils éprouvaient le besoin de se retourner, ils restaient dos contre dos, pour le réconfort d'un simple contact et par nécessité désespérée de ne faire qu'un.

Puis, après un certain temps, Andrew recommença à éprouver du désir, mais Cynthia ne ressentait rien. « Je ne peux pas, lui disait-elle. Pas encore. » Et il se résigna. Elle ne comprenait pas qu'il pût aspirer au plaisir. Quel plaisir pourrait-il jamais y avoir ? Elle sentait à l'intérieur d'elle-même un poison corrosif comme un acide, une haine sauvage pour l'homme qui avait tué ses enfants et vivait toujours, une rage effroyable contre cette souffrance injuste, et contre le monde entier.

Puis vint le moment où Andrew se résigna moins volontiers.

« Comment peux-tu éprouver du plaisir ? s'exclama Cynthia.

— Ce n'est pas seulement du plaisir, comme tu dis. Il s'agit d'un acte d'amour entre toi et moi. Nous sommes toujours vivants, tous les deux.

— Comme tu as vite oublié !

— Oublié ? répéta-t-il. Comment peux-tu penser cela ? »

Alors elle s'excusa. « Ce n'est pas ce que j'ai voulu dire.

— J'ai parfaitement compris. C'était très clair.

— Pardon, soupira-t-elle. Mais je n'arrive à penser à rien d'autre. Je les imagine dans la poussette, je vois leurs visages roses, si adorables, leurs petites mains dans leurs moufles, et, en une seconde...

— Cindy, je t'en prie, supplia Andrew. Il va falloir que tu arrêtes ça, un jour ou l'autre. »

Mais il ne montrait pas toujours autant de patience. « Ce médecin que tu vois ne me paraît pas te faire grand bien.

— Ah non ? Il m'a empêchée de devenir folle, rien de plus. »

Après un silence, Andrew reprit : « Cela va faire bientôt six mois. »

Six mois qu'ils n'avaient pas fait l'amour, voulait-il dire. Cette nuit-là, quand il se rapprocha d'elle, elle ne se détourna pas, mais s'abandonna comme une pierre, sans réaction.

Elle ne fit pas semblant, et il s'en aperçut ; il le lui dit, sans reproche, avec tristesse cependant.

« Je n'y peux rien », répondit-elle.

Elle avait voulu être sincère ; elle l'était dans une certaine mesure, mais pas entièrement : en fait, elle y pouvait quelque chose, mais elle ne le voulait pas. Comment croire – comment Andrew pouvait-il croire – que la vie reprendrait comme avant le drame ? Peut-être les hommes étaient-ils différents, après tout...

Ils commençaient à s'éloigner l'un de l'autre. Un jour, il la trouva assise devant la fenêtre, les mains sur les genoux, les yeux rouges et gonflés.

« Tôt ou tard, il va falloir que tu cesses de pleurer, la sermonna-t-il. Je ne sais plus quoi faire pour t'aider. Nous ne pouvons pas continuer ainsi. Je ne peux pas. »

Blessée par ses paroles et par son ton, elle cria : « Et toi, il va falloir que tu cesses de t'agiter toute la nuit. Je n'arrive pas à dormir. Quant à taper sur les nerfs des autres, est-ce que tu te rends compte que tu fais tout le temps craquer tes articulations ? Chaque soir, pendant qu'on regarde la télévision, je suis obligée de subir ça. »

Ils se couchèrent en laissant un grand espace entre eux. Une tornade d'émotions déferlait sur Cynthia. Après des mois de léthargie et d'engourdissement, elle était en proie à des sentiments violents : peur panique de se confronter à l'amour et à la vie, peur panique d'être exclue de la vie. Elle ressentait une terrible, une indicible solitude.

Elle savait qu'elle devait se ressaisir. Ils vivaient depuis des mois en ermites, et c'était une grave erreur. Aussi, un jour où un couple d'amis, Ken et Jane Pierce, les invita à dîner à leur club, à la campagne, elle accepta.

« Je suis ravie, dit Jane. Franchement, je ne pensais pas que tu accepterais, mais je me suis dit que j'allais tenter ma chance. »

Les deux couples partirent dans la même voiture, ce qui était agréable parce que la conversation ne pouvait être qu'impersonnelle. Au club, il y aurait beaucoup de gens que Cynthia connaissait et n'avait pas vus depuis longtemps, aussi, pour sa première apparition, elle avait choisi avec soin sa tenue. Est-ce le retour de l'amour-propre ? se demanda-t-elle avec ironie. Ou celui, très lent, de la santé mentale ? C'est ce qu'affirmait le médecin.

Dans le miroir de l'entrée, au club, elle vit le reflet d'une jeune femme d'une maigreur effroyable, aux yeux las, vêtue d'une robe en soie à fleurs. Elle avait acheté cette robe pour des vacances qu'ils auraient dû passer en Floride avec les jumeaux.

« Tu es ravissante », lança quelqu'un, de ce ton gentil qu'on réserve aux personnes qui ont été gravement malades et ont mauvaise mine.

On avait installé les tables dehors, sur une grande terrasse. Cynthia mangea sans appétit ce qu'elle avait dans son assiette, écouta sans intérêt les bavardages qui glissaient au-dessus de sa tête. Elle comprit vaguement que les femmes évoquaient une élection chaudement disputée à un conseil de classe. Les hommes, qui parlaient affaires, comme d'habitude, étaient presque tous regroupés à l'autre bout de la table, et Andrew se trouvait entre Ken et une jeune femme plutôt délurée, au décolleté assez profond.

Cynthia s'amusait de voir avec quelle habileté Andrew partageait son attention entre ses voisins. Il avait une telle présence et un tel charme en société. Et, malgré sa pâleur et sa fatigue, c'était le plus bel homme de la soirée. Elle se sentait triste pour lui. Il ne méritait pas ce qui leur était arrivé. Il fallait qu'ils – qu'elle – détournent leurs pensées de ce drame...

Devant elle, l'obscurité gagnait le terrain de golf, et les bois qui s'étageaient sur la colline. La chaleur de la journée montait peu à peu du sol, et le chant des grillons dominait le brouhaha des voix.

Nous aurions dû depuis longtemps nous échapper de la ville. Cela nous aurait fait du bien d'aller chez Gran et de nous promener en forêt. Il faut que nous le fassions sans tarder. Là, nous pourrions guérir. Et redevenir ce que nous avons toujours été.

À cette pensée, ses épaules se relâchèrent ; elle ne s'était pas rendu compte à quel point elles étaient tendues. Son regard se posa un peu plus loin, à l'endroit où des lanternes japonaises traçaient de petits cercles d'or dans l'obscurité bleutée de la nuit. Comme ce serait bon de s'étendre et de s'assoupir sous les arbres ! Une paix étrange descendait sur elle – la paix de la campagne.

Andrew riait. Il y avait si longtemps qu'elle ne l'avait entendu rire. Si longtemps qu'elle-même n'avait pas trouvé de raison de rire. N'avait-elle pas, par son attitude, contribué à entraîner Andrew davantage vers le fond ? Si, sans doute.

La femme assise à côté de lui avait dû faire une plaisanterie, parce que tous les hommes riaient. C'était une jolie femme, mais trop maquillée et habillée de façon tape-à-l'œil – pas le genre d'Andrew. Non que Cynthia se fût jamais inquiétée des autres femmes, car Andrew et elle formaient un couple, un vrai couple.

Mais j'ai été très malade, songea-t-elle. Je n'ai pris aucun soin de mon apparence physique. J'ai besoin de revenir à la vie, et d'ouvrir les bras à Andrew. Cette nuit, j'abandonnerai mes défenses. Cette nuit.

Un vent léger se leva et fit tourbillonner les feuilles. Elle resserra son châle sur ses épaules, un châle en laine jaune pâle, à franges, qui lui redonnait un sentiment de féminité et d'élégance oublié depuis trop longtemps. La chaleur soudaine qu'elle éprouvait était plus qu'une chaleur du corps ; c'était un soulagement, une délivrance.

Cynthia eut envie de dire à Andrew, par un regard ou un contact physique : *Chéri, tout ira bien à nouveau. Je suis désolée que cela ait pris si longtemps, mais il vient réellement de se passer quelque chose en moi, et...*

Un hurlement de la voisine d'Andrew l'interrompit dans ses pensées.

« Mon Dieu ! Vous ne savez pas ce qui m'arrive ? J'ai perdu mon bracelet ! Le plus beau que je possède. Et il n'était pas assuré. J'en suis malade. »

De tous côtés fusèrent conseils et paroles de sympathie, et on se mit à chercher dans l'herbe et sous la table.

« Quand l'avez-vous vu pour la dernière fois ? Réfléchissez bien.

— Vous êtes sûre que vous le portiez ce soir ? Parfois, on croit qu'on a mis un bijou, mais en réalité on l'a laissé chez soi.

— Comment êtes-vous entrée au club ?

— J'ai garé moi-même ma voiture sur le parking du fond, puis je suis venue à pied jusqu'à la salle à manger.

— Ce n'est pas compliqué. Partez de votre voiture et refaites le même trajet.

— Je vous accompagne, proposa Andrew. Nous allons commencer par chercher ici, dans la salle à manger. Il est sûrement quelque part.

— Oh, comme c'est gentil à vous ! À deux, on va bien le retrouver. »

Les hommes reprirent leur conversation. Les femmes parlaient de leurs enfants, ceux qui apprenaient à marcher et ceux qui allaient en fac. Et Cynthia, en les écoutant, ne se sentait pas anéantie. Ça faisait mal, mais moins qu'avant. Elle était sur la voie de la guérison...

Vingt minutes passèrent. Quelques personnes s'apprêtaient à partir.

« À cause de la baby-sitter, vous comprenez.

— Je dois me lever à l'aube, demain.

— Où est passé ton mari ? interrogea Ken.

— Je me le demande, répondit Cynthia.

— Euh, ils sont partis de ce côté », dit quelqu'un d'un ton hésitant.

Cynthia rentra pour jeter un coup d'œil dans la salle. Seuls quelques jeunes dansaient la macarena. Du perron, on voyait distinctement les parkings. La robe rouge de cette femme ne passerait pas inaperçue... Elle retourna sur la terrasse. C'était sûrement déraisonnable, mais la peur commençait à l'étreindre. Peut-être Andrew avait-il été pris de malaise, peut-être avait-il fait une chute ? Le monde est tellement plein de dangers imprévus. Elle était bien placée pour le savoir.

Il se passa encore un moment. L'un des hommes avança jusqu'au bord du terrain de golf et appela : « Andrew... » en mettant les mains en porte-voix.

Quel idiot ! Que pouvait-il bien faire dehors ?

« C'est un mystère », dit Ken.

Jane s'agitait. Les enfants l'attendaient, et il y avait une heure de route.

« C'est bon pour ceux qui habitent dans les environs, mais nous, pauvres citadins qui restons tout l'été en ville... » Elle s'interrompit. « Ah, enfin ! Nous étions tous à ta recherche. »

Andrew sortait du bois en compagnie de la femme qui brandissait son bracelet en riant.

« Figurez-vous qu'il était sur le siège de ma voiture. Je l'enlève toujours pour conduire, parce qu'il me gêne.

— Mais où diable étiez-vous passés ? » lança Jane, et Cynthia entendit une autre femme ajouter tout bas : « Où, à ton avis ? C'était l'éclipse habituelle de Phyllis. »

Andrew, qui avait dû entendre, lui aussi, resta planté là, tel un enfant honteux, surpris par le brusque silence.

« Allons à la voiture, proposa Ken d'un ton tranquille. Il se fait tard.

— J'ai besoin d'aller aux toilettes d'abord », dit Cynthia.

Jane la suivit. « Ne lui montre pas tes larmes, ne lui donne pas cette satisfaction », conseilla-t-elle.

À quoi Cynthia répondit, d'un ton de défi – sans quoi elle aurait éclaté en sanglots : « Quelles larmes ? Je ne pleure pas. »

Elle se pencha vers le miroir et passa longuement un peigne dans ses cheveux qui n'en avaient nul besoin. Une honte atroce lui empourpra le visage : elle avait été publiquement humiliée.

« Cette Phyllis est une vraie garce. Elle ne peut pas s'empêcher de poser les pattes sur un bel homme. Je ne sais pas pourquoi on l'invite, elle n'est même pas membre du club.

— Oh, je t'en prie...

— D'accord, je ne dirai plus rien. Juste ceci, Cynthia : vous avez traversé l'enfer, vous deux. Ne laisse pas cet incident vous faire replonger. C'est moche, mais il y a pire. Parfois, il faut savoir fermer les yeux. »

C'était intolérable. « Nous ferions mieux d'y aller. Ils nous attendent.

— Si tu te sens prête. Sinon, qu'ils attendent.

— Je suis prête.

— Ne t'inquiète pas. Tu as l'air tout à fait bien.

— Tu sais quoi ? Je me fiche de savoir de quoi j'ai l'air.

— Les hommes, soupira Jane tandis que toutes deux se dirigeaient vers la voiture. Les hommes. Tous les mêmes. »

Andrew et Ken, assis à l'avant, bavardèrent pendant le trajet ; les deux femmes gardèrent le silence, Jane par égard pour Cynthia, et Cynthia parce qu'elle était bouleversée. Elle était à présent une femme qui inspirait pitié, une femme mariée dont l'amour-propre et la dignité avaient été bafoués devant des étrangers.

Tous ces sentiments éclatèrent en paroles sitôt la porte de chez eux refermée. Ses jambes flageolaient, elle s'appuya contre le mur.

« Tu étais parti depuis plus de trois quarts d'heure quand on a commencé à te chercher. Parti avec cette... cette garce – même Jane dit qu'elle ne peut pas s'empêcher de séduire les hommes. Tu... tu t'es rendu ridicule. » Folle de rage, elle se frappa la poitrine. « Et c'est à moi que tu as fait une chose pareille ? À moi ?

— Je ne voulais ridiculiser personne, ni toi ni moi. C'est... tu exagères. C'était... innocent, se défendit Andrew, en trébuchant sur ce mot. Je ne voulais pas... je ne voulais rien faire de mal. Je veux dire, c'était idiot de ma part. »

Elle le fixa des yeux. Jamais auparavant cet homme fier et confiant en lui n'avait paru si mal à l'aise, si stupide.

« Idiot, répéta-t-il, en évitant le regard de Cynthia.

— À quoi songeais-tu ? Que faisiez-vous, dehors ?

— Nous... c'était... une promenade. Nous avons fait une petite promenade.

— Bien sûr. Sauf que ce n'était pas une petite promenade, plutôt une grande. À moins que vous n'ayez passé un bon bout de temps allongés.

— Je reconnais que j'ai manqué de jugeote, mais tu prêtes trop d'importance à cet incident, Cynthia. Tu vas trop loin.

— Vraiment ? Je ne le pense pas. »

Tout dans l'attitude d'Andrew évoquait pour elle une image précise. Elle lui lança : « Tu as couché avec elle.

— C'est ridicule. Rien ne te permet de croire ça.

— Je le sens, c'est tout. À certains moments, on sent les choses. De toute façon, qu'aurais-tu fait d'autre avec elle, discuter de philosophie ?

— Nous avons simplement bavardé de choses et d'autres.

— Bavardé de choses et d'autres, pendant près d'une heure, dissimulés dans l'ombre des buissons... Tu me prends pour une imbécile ? Qu'est-ce que ça signifie, Andrew ? Je veux savoir. Ne me mens pas. Je veux la vérité. Je suis capable de la supporter. »

Il y eut un silence. Puis, sur le palier, des voix de gens qui sortaient de l'ascenseur. Et à nouveau le silence.

Alors Andrew releva la tête et regarda Cynthia droit dans les yeux. « Tu as dit que tu voulais la vérité. Eh bien, ce que tu as senti... euh... tu as raison. »

Elle ressentit à la tempe une douleur atroce, lancinante, qui l'obligea à s'asseoir.

« Mieux vaut sans doute que je le reconnaisse, que je t'avoue le pire. Comme cela, tu me croiras si je te dis que je ne l'avais jamais fait jusqu'à aujourd'hui. »

Elle se mit à sangloter. « J'ai l'impression de devenir folle.

— Je ne l'avais jamais fait, Cynthia, répéta-t-il avec humilité. Je te le jure. J'ai dû perdre la tête, ce soir.

— Pourquoi ? Pourquoi ? Étais-tu ivre ? Tu n'es jamais ivre.

— J'ai bu quelques verres de vin, mais je ne peux pas mettre ça sur le compte de la boisson. C'est arrivé, voilà tout. Je le regrette terriblement, Cindy. Je jure devant Dieu que je le regrette.

— "C'est arrivé, voilà tout." Salaud ! Que dirais-tu si c'était moi qui avais fait ça ?

— Je serais furieux. Hors de moi.

— Je m'en doute. La mère de tes enfants. Tes enfants morts.

— J'ai perdu la tête. Je ne peux pas dire autre chose. J'ai perdu la tête. Parce que je t'aime, Cindy, et je t'aimerai toujours. »

Elle vit qu'il avait les yeux emplis de larmes. Il s'approcha, comme pour lui effleurer la main ou lui caresser la tête, en demandant pardon. Elle lui lança à la figure son petit sac du soir, dont l'armature se brisa en tombant par terre. Elle était folle de rage et d'indignation, en imaginant Andrew allongé sur l'herbe avec... avec qui ? Une femme à la robe tapageuse et au rire rauque.

« Je te déteste, hurla-t-elle. Faire ça, après tout ce que nous avons traversé ! Après ce que nous avons été l'un pour l'autre – du moins, je le croyais.

— Cindy, je t'en supplie. Il n'y a rien de changé. J'ai commis un acte atroce. Ne peux-tu pardonner cet égarement, ce moment de folie ? »

On ne peut jamais savoir, avec les hommes. Ils jurent tous qu'ils ne le font pas, même les meilleurs d'entre eux.

« Je reconnais que c'est inexcusable. Mais tu étais si froide avec moi...

— Froide ! Quand j'ai eu le cœur brisé ! As-tu tout ton bon sens ? Te rends-tu compte de ce que tu dis ? Non, bien sûr. Tu n'as pas la moindre idée de ce que...

— Et mon cœur, à moi ? C'est toi qui n'as pas la moindre idée de ce que ça veut dire, être ensemble et se consoler mutuellement. J'ai essayé, j'ai essayé depuis des mois. J'avais besoin d'un peu de chaleur humaine. C'est tout. » Il s'interrompit et s'essuya les yeux. « J'essaierai encore, Cindy, si tu veux bien. Je t'en prie. Je regrette terriblement, pour tout. »

Quel comédien ! Revenir à la table comme si de rien n'était, après avoir ôté l'herbe de son pantalon.

« Je ne supporte pas de te voir, dit-elle. Tu me dégoûtes. Va chercher un oreiller, tu dormiras ici, sur le divan.

— Si tu préfères, pour cette nuit.

— Cette nuit ! Inutile de compter que je partagerai à nouveau le même lit que toi. »

Jamais. Jamais de la vie. Je regarde quelqu'un que je ne reconnais pas. Je voudrais être morte. Oh, mon Dieu, faites que je meure.

Il avait tout détruit. Juste au moment où ils commençaient à voir le bout du tunnel, il avait tout gâché. Comment pourrait-elle se fier à qui que ce soit, désormais ? Le monde honnête et raisonnable d'autrefois avait perdu sa logique. Une boule de haine compacte se forma autour de son cœur. Elle passait sans cesse des larmes à la souffrance, de la fureur au désespoir.

« Mais je t'ai demandé cent fois pardon, répétait-il sans arrêt, les premiers jours. J'ai tenté d'expliquer quelque chose qui est sans doute inexplicable. Je t'en supplie, Cynthia, je t'en supplie.

— Une épouse assise au bout de la table, et un mari qui disparaît tranquillement dans les buissons. Non. Tu peux me supplier tant que tu voudras. Je suis sourde à ce genre de supplications. Je ne veux ni te voir ni t'entendre, déclara-t-elle un matin, après leur énième dispute. Plus tôt tu partiras, mieux ça vaudra. Laisse-moi. Va-t'en, maintenant.

— Tu ne parles pas sérieusement ?

— Oh, mais si. Je te donne vingt-quatre heures. Je te donne jusqu'à demain. Tu peux passer la journée d'aujourd'hui à emballer tes affaires. Ensuite, dès que l'appartement sera liquidé, je partirai moi aussi.

— Mon Dieu, dit Andrew. Tu parles sérieusement. » Puis il s'emporta à son tour. « Eh bien, reste là, à te morfondre. Pleure toutes les larmes de ton corps, au lieu de chercher à te ressaisir. Ma patience est usée. Je ne peux rien faire de plus. »

C'est ainsi que se termina l'histoire. À présent, Cynthia essayait de refaire sa vie en travaillant dans un centre social pour des mères et des enfants sans foyer. C'était une vie sans joie, mais utile, au moins. Parfois, en voyant une jeune femme avec son bébé dans les bras, elle songeait qu'elle aimerait changer de place avec elle. La pauvreté était cruelle, atroce, mais pas définitive : avec une aide compatissante, on pouvait la surmonter.

Une fois de plus, elle s'approcha de la fenêtre, comme si, à l'extérieur, il existait une réponse à ses questions. Le ciel était d'un rose sale – ce ciel nocturne qui cache les étoiles, au-dessus des grandes villes. Il était temps de quitter cet appartement luxueux, avec sa vue superbe, ses meubles, ses bibelots, toutes ces belles choses rassemblées avec amour pour servir de cadre au bonheur de toute une vie. La lettre de Gran était posée sur le bureau. *Viens passer la journée et la nuit. Reste aussi longtemps que tu voudras. Je t'embrasse affectueusement.*

Elle relut une fois de plus la missive

pleine de tendresse, et imagina sa grand-mère assise à son secrétaire en train d'écrire.

Comment refuser une telle invitation ?

3

Lewis Byrne reposa le combiné et resta assis sans bouger, songeant à sa fille.

En pensée, il l'appelait toujours le joyau de sa vie. Cynthia lui ressemblait par sa haute taille et son calme, mais, piquante et élégante, elle avait aussi l'esprit vif et le corps athlétique de sa mère. Ces qualités paraissaient amplifiées chez Cynthia. En la regardant, on imaginait un oiseau en plein vol. Un oiseau blessé, à présent, se disait-il, le cœur lourd, quand la porte s'ouvrit sur Daisy.

« Alors, c'était comment ? interrogea Lewis.

— Sympathique. Je suis surprise de constater que je connais déjà tant de femmes à Washington.

— À te voir, personne ne peut deviner tes soucis. »

Un air vif avait pénétré dans la pièce avec elle, comme si elle revenait de faire du cheval, de nager ou de jouer au tennis. Sa démarche et son regard franc dégageaient une grande énergie.

« À quoi bon les montrer ? répliqua-t-elle d'un air triste.

— À rien, je suppose. J'ai parlé à Cynthia.

— Y a-t-il du nouveau ?

— Non, sinon qu'elle vient avec nous chez maman.

— J'en suis ravie. Je craignais qu'elle ne refuse.

— Elle aime beaucoup ma mère.

— Oui, bien sûr. Ce que je voulais dire, c'est... le fait de devoir traverser la ville, revoir l'église où ils se sont mariés, le cimetière...

— Comment Andrew a-t-il pu lui faire une chose pareille ? Les hommes s'égarent parfois, mais ça, c'est impardonnable. Après la tragédie qu'ils ont vécue, et juste au moment où l'on croyait vraiment qu'elle commençait à remonter la pente... » Lewis secoua la tête et poussa un soupir. « Qu'importe l'âge des enfants, on n'en finit jamais de se faire du tracas pour eux, n'est-ce pas ? Tu te rappelles notre panique, le jour où elle s'est fait une triple fracture du bras ? Et quand, à sept ans, elle s'est perdue, lors du pique-nique Brownie – du moins, c'est ce que nous avons cru.

— Et lorsque, à quinze ans, elle est tombée amoureuse de ce garçon épouvantable ? »

Ils gardèrent le silence quelques minutes, puis Daisy dit avec douceur : « Viens. Allons dîner quelque part, puis voir un film, drôle si possible. Ces réflexions ne nous avancent guère, ni nous ni Cynthia.

— Tu as raison. Mais je déteste le mois de décembre », déclara Lewis en se levant.

C'était par un de ces sombres après-midi d'hiver que, à la suite du coup de téléphone fatidique, ils étaient accourus auprès de leur fille et de leurs petits-enfants morts, et s'étaient retrouvés plongés dans la douleur.

« Je sais que c'est réellement un mauvais mois. Mais viens, mon chéri, prends ton manteau. »

Pour Daisy, il fallait qu'il fasse un effort. Le dîner était bon, mais il mangea sans appétit, et il regarda le film sans vraiment le voir. De retour chez eux, quand Daisy alla se coucher, il prétexta un travail à finir.

« Je viens dans un instant. J'ai quelques documents à lire sur les logements sociaux. »

Il reprit sa place dans le fauteuil près de la fenêtre. Il faisait chaud dans l'appartement, bien sûr, comme toujours, et pourtant, ce soir-là, on aurait dit que le froid suintait des murs. Le Jefferson Memorial paraissait sculpté dans la glace, et l'univers était gelé. Lewis frissonna et alla se verser un verre de vin. Peut-être que ça le ferait dormir, en plus de le réchauffer. Il manquait de sommeil, ces jours-ci.

Décembre. Un mois que je détesterai toute ma vie. Comme si le drame de Cynthia ne suffisait pas, cette semaine marquerait le sixième anniversaire d'une autre disparition, celle de l'entreprise Byrne et Fils. L'un des meilleurs cabinets d'architectes du pays s'était écroulé un samedi soir. Brisé. Anéanti.

À ce souvenir, les mains de Lewis se mirent à trembler, et il renversa les dernières gouttes de vin sur le rapport qu'il n'avait pas lu. Impossible d'effacer jamais de son esprit un désastre pareil, songeait-il en revoyant les gros titres des journaux, les lettres noires qui dansaient une sarabande funèbre et insensée.

Trois balcons en béton du nouvel Hôtel International Arrow se sont effondrés. Quatre-vingt-trois personnes sont mortes, plus de six cents sont grièvement blessées. Les équipes de secours craignent qu'il ne reste beaucoup de gens coincés sous les décombres. Le nombre de victimes risque d'atteindre un chiffre bien plus élevé.

L'horreur. Et Gene, mon frère, mon associé, n'a cessé, depuis, de me faire des reproches. Ni pardon ni compréhension, rien que des griefs.

Cet édifice – Lewis le voyait comme s'il l'avait sous les yeux –, cette merveille d'élégance et de lumière, entre palmiers et Atlantique, devait être sinon le chef-d'œuvre du cabinet Byrne, du moins une superbe réalisation, à ajouter à la liste de ses réussites de l'est à l'ouest du pays. La chaîne Arrow, depuis vingt ans, s'adressait exclusivement aux frères Byrne pour la conception de ses projets. Mais désormais, finis, les jours de gloire...

Tout avait commencé avec ce type à l'allure débraillée, songeait Lewis, se rappelant avec précision le matin où sa secrétaire lui avait annoncé qu'un jeune homme voulait le voir.

« Un excentrique, je suppose ?

— Je ne crois pas, monsieur Byrne, mais on ne peut jamais savoir, n'est-ce pas ? »

Jerry Victor, ainsi s'appelait le visiteur. Il venait pour une question importante, qui concernait le cabinet. C'était une affaire de conscience, affirmait-il.

« Très bien, je vais le recevoir, et qu'on n'en parle plus.

— Vous avez raison. Il a l'air du genre à s'accrocher. »

L'homme occupait un poste élevé dans l'entreprise de construction Harold Sprague and Company. Il cultivait le style négligé, portait une queue de cheval, mais s'exprimait fort bien, semblait sérieux et de toute évidence instruit. Dès ses premiers mots, ou presque, on devinait qu'on avait affaire à un militant. Certains – dont Lewis – auraient affirmé d'emblée que c'était un agitateur. Il faut dire que Lewis, conservateur bon teint, supportait assez mal ceux qu'il nommait des « hurluberlus ». Néanmoins, il écouta poliment son visiteur.

Jerry Victor travaillait dans une petite pièce au bout d'un étroit corridor. Récemment, il était revenu au bureau un soir, après les heures de travail, parce qu'il avait oublié un trousseau de clés. À part l'équipe de nettoyage, il n'y avait personne ; il fut donc étonné d'entendre deux hommes discuter de l'autre côté du couloir. L'un d'eux était M. Sprague, il en avait la certitude. Les deux hommes parlaient à voix basse, mais les parois étaient minces. Tout en cherchant ses clés, il ne put s'empêcher d'écouter. Il n'avait pas pour habitude d'espionner, pourtant, tellement choqué par les propos qu'il avait surpris, il se cacha pour entendre la suite.

« Huit pour cent, alors ?

— Oui, c'est correct, non ?

— Nous avions parlé de dix.

— C'est un peu excessif.

— Il faut considérer le volume. Nous avons deux autres chantiers à vous confier, après celui-ci avec le cabinet Byrne. Vous ne le regretterez pas.

— Disons neuf pour cent ? Qu'en dites-vous ?

— D'accord, d'accord. Nous trouverons un compromis. Vous ne perdrez rien. Il existe plusieurs façons de mélanger le béton, non ? » Et il y eut des rires.

C'était donc cela, l'incroyable histoire. Seigneur Dieu ! Harold Sprague, son ami à l'université de Yale et, avant cela, son camarade de lycée. Ils avaient voyagé en Europe ensemble, et passé toutes leurs vacances d'été dans le Maine, où leurs familles étaient voisines. Impossible de l'imaginer trempant dans une sordide affaire de pot-de-vin. Ce garçon, Jerry Victor, n'avait certainement pas bien compris, ni même entendu. Ou – c'était plus probable – il avait un plan personnel : peut-être avait-il essuyé des reproches, et il cherchait à se venger ; ou alors, c'était un extrémiste qui mentait parce qu'il voulait, par principe, saper l'entreprise – tel était le véritable motif de bien des dénonciations, de nos jours.

Telles avaient été les pensées de Lewis. Du moins au début. Le temps et les événements avaient modifié cette certitude première. Il contempla les lumières de Washington qui trouaient l'obscurité. Nul doute, admettait-il, qu'il s'était laissé quelque peu aveugler par le nom de Sprague ; or il n'aurait pas dû. Il tressaillit en se remémorant ce fameux jour.

« C'est une accusation grotesque ! avait-il affirmé. Vous n'avez même pas vu ces hommes.

— Je connais la voix de M. Sprague.

— Vous connaissez sa voix ! Voilà une preuve bien mince, jeune homme. Je vous suggère d'oublier tout cela, de faire votre travail et de vous occuper de vos affaires. »

Après avoir admonesté et congédié le visiteur avec la dignité qui s'imposait, il avait rapporté à son frère cette histoire absurde, comme s'il s'agissait d'une plaisanterie.

« Tout de même, il faudrait se renseigner, avait dit Gene.

— Quoi ? Tu n'y penses pas ! Tu veux vraiment que j'insulte Harold Sprague, en donnant foi à ce genre de balivernes ?

— À bien y réfléchir, qu'est-ce que nous savons de lui ou de ses fournisseurs ? C'est le premier contrat qu'on lui confie.

— Nous connaissons sa réputation sur toute la côte Ouest.

— Nous n'aurions pas dû changer. Nous travaillons depuis vingt ans avec les mêmes entrepreneurs, des gens dont nous sommes sûrs.

— Je voulais lui donner une chance, maintenant qu'il étend ses activités à la côte Est. Et il offre des prix compétitifs, non ?

— Je ne suis pas d'accord. Nous devrions absolument lui parler. J'irai moi-même, si ça te gêne.

— Je t'interdis de le faire. »

Mais Gene alla quand même trouver Sprague.

« J'ai été diplomate, rapporta-t-il à son frère une semaine ou deux plus tard. Je lui ai dit qu'une rumeur courait et que je pensais qu'il fallait le mettre au courant – je n'y croyais pas, bien sûr, mais il fallait qu'il le sache. Évidemment, il était indigné, furieux. Oh, pas contre moi, ne t'inquiète pas...

— Je pense que tu as commis une grosse bêtise, à cause d'un individu arrogant, aigri et excentrique.

— Je ne sais pas. Le gars est venu me

voir il y a quelques jours. Il a de sérieux problèmes, et il quitte son emploi.

— Bon débarras. Ce type est un agitateur. J'ai interrogé les gens, et j'ai découvert que personne ne l'aime. Même au syndicat, il sème la zizanie.

— Ça, je l'ignore. Par contre, en général, quand j'ai quelqu'un devant moi, je peux dire s'il s'agit d'une personne honnête, qui dit la vérité. En ce qui concerne ce garçon, je pense que oui.

— C'est une affirmation discutable, Gene. Songes-y.

— Pas plus discutable que le crédit que tu accordes à un homme, sous prétexte que vous êtes allés ensemble à Yale. »

Une légère distance s'instaura donc entre les deux frères. Rien de manifeste, juste une certaine froideur, comme lorsqu'un courant d'air s'insinue dans une pièce auparavant chaude et calfeutrée. Une froideur qui persistait quand, deux ans plus tard, le grand hôtel fut achevé...

Quelle merveille ! Un bâtiment grandiose, mais sans cette ostentation que Lewis méprisait. Quand les lignes sont parfaites, nul besoin de fioritures tarabiscotées.

Debout près d'une haie fleurie qui séparait la pelouse de la plage, il contemplait l'édifice : les deux grandes arcades, l'une à l'avant, l'autre au fond, et entre les deux la magnifique allée de palmiers qui s'étendait jusqu'à la route. En se plaçant face à l'entrée principale, on ne voyait que la mer bleue et, à cette heure-là, le ciel nocturne où les nuages jouaient à cache-cache avec les étoiles.

Il va bientôt pleuvoir, songeait-il, et il pleuvra sans doute demain aussi. Ce n'était pas plus mal que Daisy n'ait pas pu venir. Elle avait assisté à tant de réunions d'ingénieurs, de toute façon. Pour lui, celle-ci revêtait une importance particulière, car la plupart des participants allaient découvrir pour la première fois une réalisation du cabinet Byrne et Fils. Il se dirigea vers le bâtiment, vers la musique, le champagne et – pour être franc – les compliments.

Un bruit de tonnerre ébranla l'atmosphère. Comme la foudre qui fend et abat un arbre, frappant d'une terreur indicible hommes et bêtes, le craquement se répéta. Instinctivement, Lewis courut se mettre à l'abri. Puis, à l'instant où il atteignit l'entrée, il vit avec horreur non pas un refuge, mais le chaos.

Il crut avoir une attaque. Il crut mourir.

Le chaos, à l'intérieur du bâtiment de cinq étages, c'étaient des amas de béton, de l'acier tordu, du verre brisé. Les balcons s'étaient écroulés. À l'instant même, le dernier, au deuxième étage, écrasé par celui du dessus, cédait, entraînant dans sa chute des corps humains qui hurlaient, agitaient leurs membres, tombaient les uns sur les autres.

Il comprit alors qu'il mourait. Il voulait mourir.

Tous ceux qui assistaient à cette scène retinrent leur souffle un long moment, puis des cris, des sanglots, des jurons éclatèrent et, aussitôt après, on se rua pour secourir les victimes. Lewis tira une jeune fille de sous une poutre ; elle avait un bras sectionné. Un homme gisait au sol, du sang s'écoulait de sa bouche ; il avait les yeux ouverts, il était mort. Des gens dont on apercevait à peine la tête sous les décombres criaient et gémissaient ; d'autres, par groupes de deux ou trois, s'efforçaient de soulever la masse de gravats qui les recouvrait. Lewis pensa à son frère, mais il n'avait ni le temps ni le moyen de le chercher. On pouvait à peine se frayer un chemin au milieu des débris.

L'eau jaillissait des tuyaux cassés sur le sol glissant. Deux jambes dépassaient d'un énorme bloc de béton, trop lourd à déplacer de main d'homme ; Lewis essaya quand même. L'homme hurlait de douleur et implorait pitié ; ses cris cessèrent soudain, et Lewis s'éloigna pour soutenir une vieille femme qui, bien que couverte de sang, tenait toujours debout. Un enfant avait eu le visage arraché en tombant sur quelque chose de pointu, sans doute un bout du délicat filigrane qui ornait les balcons. Lewis fut pris de vomissements.

Dans un coin du hall, de petites tables étaient dressées, avec de jolis couverts, des fleurs, des nappes roses. Dans le bar, le piano trônait, intact. Au-delà, on apercevait le Salon Bleu, où les personnes qu'on avait pu dégager étaient déjà allongées sur les canapés et la moquette.

Des femmes de chambre, des cuisiniers en blanc, des hommes en uniforme bordeaux accouraient de toutes parts. Quelqu'un ordonna : « Vite, attrapez-la par les jambes » ; Lewis obéit et aida à soulever une grosse femme évanouie. Des gens arrivaient de la rue. Il devait pleuvoir, se dit-il, car leurs vêtements ruisselaient. Comme dans un état second, il courait d'un endroit à un autre, aidant de son mieux, au milieu de la poussière et des éclats de verre. L'espace d'un instant, il eut vaguement l'impression de contempler le carnage d'un champ de bataille – le genre de scène si souvent décrite dans les livres et montrée dans les films. Sauf qu'ici, quelques minutes plus tôt, il y avait de la musique et des femmes en robe de soirée...

La sirène d'une ambulance le sortit de sa stupeur. Policiers, pompiers, médecins et infirmiers se mirent à la tâche. Des secours supplémentaires suivirent. On installa une morgue provisoire dans la salle de bal aux murs tapissés de miroirs. Des journalistes se ruèrent, appareil photo en main.

Combien d'heures s'écoulèrent ainsi, Lewis aurait été incapable de le dire. Il avait le sentiment que plusieurs jours avaient passé quand, à bout de forces et d'émotion, il monta dans la suite qui avait été réservée pour Gene et lui.

On avait évacué du hall les morts et les blessés. Ils avaient fait tout leur possible. Le reste, c'était le travail des hôpitaux. Ce dont il se souvenait parfaitement, en revanche, c'était la terrible dispute avec Gene.

Gene avait débouché une bouteille de cognac. « Dieu sait que nous en avons besoin. Cette scène, en bas, dans le hall... une vision d'enfer. »

La pluie éclaboussait la terrasse. Un vent violent s'était levé ; il faisait s'entrechoquer les palmiers et claquer la porte-fenêtre.

« Un imbécile a oublié de fermer correctement, dit Lewis en se levant pour aller verrouiller la porte-fenêtre. Je me sens furieux contre le monde entier, Gene. Des choses pareilles ne devraient pas exister. La musique un moment, des jambes amputées l'instant d'après. Écoute ce vent. Un bon ouragan, voilà ce qu'il nous faut. »

Gene remplit son verre, s'assit et fixa le mur. Lewis, toujours debout à la fenêtre, tremblait et regardait dans le vide. Au bout d'un instant, comme il entendait son frère marmonner, il se retourna.

« Que dis-tu ?

— Je parlais tout seul. J'essayais de faire le compte. Combien, à ton avis ? En tout, morts et blessés ?

— Je l'ignore. Beaucoup trop, c'est tout ce que je sais. Seigneur Dieu ! Comment et pourquoi ? Pourquoi ?

— Je vais te le dire. Parce que nous aurions dû agir dès le début, quand Jerry Victor est venu raconter son histoire au sujet de Sprague. Je suppose que tu comprends maintenant que j'avais raison, il y a deux ans. Je suis navré de devoir te le dire, mais c'est la vérité.

— Tu tires des conclusions hâtives. Nous ne savons pas encore ce qui s'est passé, et tu as déjà établi les responsabilités.

— Nous savons très bien ce qui s'est passé. Le béton n'était pas de bonne qualité. Ça se sent au toucher. De la camelote. Pas assez d'agrégat. J'ai cherché de mon mieux dans les gravats, ce soir, et je jurerais qu'il n'y avait pas, non plus, assez de tiges de fer pour le renforcer. Nous avons eu confiance. Ou plutôt, *tu* as eu confiance. Pas moi ! À présent, les gens vont nous considérer comme responsables de cette catastrophe. Et ils auront raison.

— Eh bien, mais si le fournisseur a escroqué Sprague et si tu es sûr, au sujet du béton, je ne vois pas...

— J'en suis certain. Descends voir par toi-même. Je n'ai jamais voulu de Sprague, de toute façon. Tu le sais. Maintenant, nous sommes fichus, balayés, liquidés. Tu comprends ça ?

— Tu tires des conclusions hâtives, je te le répète, et tu es soûl. C'est du cognac que tu bois, pas de l'eau.

— J'ai besoin de me soûler. Tu réalises combien de personnes sont mortes, ce soir ? Et combien ne remarcheront jamais, à cause de ta stupidité ?

— Bon sang, comment oses-tu !

— J'ose. Ton ami si distingué. Ne l'offensons surtout pas. Oh, non, surtout pas. Absence de conscience sociale, voilà ton problème.

— Tu n'es pas dans ton état normal. Quand tu seras à jeun, frère ou pas frère, je ne te laisserai pas t'en tirer à si bon compte. »

À l'aube, le téléphone sonna : la fureur des propriétaires de l'hôtel se déchaîna contre eux.

« Nous vous avons engagés parce que vous êtes soi-disant la crème de votre profession. Qu'est-ce que vous avez fichu, sur ce chantier ? Vous aurez des nouvelles de nos avocats demain à la première heure. Nous prenons le prochain *Concorde* et nous serons chez vous dès notre descente d'avion. »

Et voilà comment nous nous sommes retrouvés prisonniers du labyrinthe de la loi, songeait maintenant Lewis. Un labyrinthe dans lequel nous nous sommes perdus pendant des mois, des années, cherchant la lumière au bout de notre épreuve.

Dans ces cas-là, chacun veut faire endosser la responsabilité à l'autre. Le fournisseur a abusé l'entrepreneur (oh, oui, je le reconnais, Gene avait raison, le béton était de qualité inférieure). L'entrepreneur est une victime innocente, ou alors il a fait preuve d'une négligence criminelle. Au sommet de cette pyramide, les architectes sont placés devant le même dilemme, tout comme le maître d'ouvrage. Victime ou responsable ? Qu'en est-il ? Alors, chacun attaque l'autre. Et les familles des morts et des blessés attaquent tout le monde.

Et voilà qu'entre dans l'arène M. Jerry Victor, avec quelques années de plus, un costume convenable et les cheveux courts, cette fois, plus une histoire intéressante pour un journaliste. Et que fait le journaliste, après avoir interviewé Jerry Victor ? Il va trouver Lewis Byrne, bien sûr. Et Lewis Byrne est sommé de s'expliquer devant la cour, d'exposer de son mieux pour quelle absurde raison il n'a pas mené une enquête sur Sprague. Eugene Byrne, à son tour, doit expliquer son rôle dans cette histoire, raconter qu'il a demandé à son frère de parler à Sprague, et que son frère a refusé.

Grâce au ciel, l'affaire était enfin arrivée à sa conclusion.

Mais elle ne serait jamais vraiment terminée, songeait Lewis. Cesserai-je un jour de voir le visage de cette jeune fille, son épaule sanglante, son bras arraché ? Était-elle morte, mourante ou en état de choc, quand je l'ai relevée ? Je n'en sais rien. Et j'entends encore ce vieil homme qui devenait fou et hurlait un prénom de femme : « Julia ! Julia ! »

« Mais qu'est-ce que tu marmonnes ? interrogea Daisy. Je m'endormais au moment où je t'ai entendu. Viens te coucher, il est près de minuit.

— Je pensais à des choses. À mon salaud de frère, entre autres.

— Il faut que tu arrêtes, mon cœur. Il ne mérite pas que tu penses à lui.

— D'accord, j'ai commis une grave erreur. Mais il ne fait preuve d'aucune pitié, d'aucune compréhension. Témoigner contre moi. M'accuser de ne pas avoir de conscience sociale. Tu te rends compte ? Moi qui travaille pour l'État presque bénévolement. Alors que lui, il continue à amasser de l'argent, avec ses honoraires de consultant.

— Lewis, je t'en prie. Ne te mets pas dans des états pareils. »

Debout derrière lui, elle l'entoura tendrement de ses bras et approcha ses lèvres de son cou. Après toutes ces années, elle pouvait encore lui donner tout ce qu'il désirait. Mais ce soir, il était trop profondément plongé dans son chagrin. Elle le comprit et s'écarta de lui en disant gentiment : « Ces dernières années ont été trop dures. Nous devrions connaître la tranquillité, maintenant. J'en suis persuadée.

— Conscience sociale, répéta-t-il comme s'il ne l'avait pas entendue. Quel snob ! Lui et sa femme, Susan, la descendante des pèlerins du *Mayflower*. Aucun des deux ne s'en est jamais remis, hein ? Et regarde comment il a traité Ellen quand elle est tombée amoureuse de Mark. Crois-moi, j'aurais sans hésiter préféré Mark à notre gendre et sa famille bien comme il faut. Même si Mark est juif. Ce qu'Ellen et Mark ont enduré, à cause de Gene ! Je le sais, parce que Ellen l'a raconté à Cynthia. Grands dieux, Arthur Roth, un Juif, est mon comptable depuis trente ans, après avoir été celui de mon père, et cet homme-là est le sel de la terre !

— Allons, allons, je t'en prie, tu es en nage. Tout ça n'est pas bon pour toi, ni pour moi, d'ailleurs.

— Je ne t'ai pas raconté que j'ai aperçu Gene, la dernière fois que je suis allé à New York rendre visite à Cynthia. Je ne voulais pas t'ennuyer avec ça. Heureusement, je l'ai remarqué de loin, j'ai eu le temps de traverser et de faire semblant de m'intéresser à une vitrine. Je t'assure, Daisy, sa seule vue me fait enrager.

— Eh bien, réjouis-toi de ne pas être obligé de le rencontrer. Essayons plutôt de faire quelque chose pour notre Cynthia. Nous allons passer un bon moment chez ta mère. Chaque fois que nous retournons là-bas, dans ton ancienne maison, j'ai l'impression de faire un bond en arrière, dans une époque plus facile et plus lente. Il y a des fleurs dans les vases, les meubles en acajou sont bien astiqués, les chiens bien brossés, le vieux George continue de s'occuper du jardin, Jenny de la cuisine, et ta mère est toujours gaie. »

À ces mots, Lewis se dérida enfin. « Oui,

dit-il avec un sourire, elle a le don d'attirer les gens. La dernière fois, Jenny m'a confié que George et elle ont l'intention de rester aussi longtemps qu'elle vivra. » Retrouvant soudain son air soucieux, il s'écria : « Pauvre maman. À son âge, on devrait lui épargner ces problèmes familiaux. Je me demande... tu ne crois pas qu'elle nous a demandé de venir parce qu'elle est malade ? Elle est la dernière personne à se plaindre, mais si elle a des ennuis de santé je suis heureux que ce soit moi qu'elle souhaite voir. Dieu sait qu'elle ne peut pas attendre la même aide de la part de Gene.

— Je suis sûre que ce n'est rien de ce genre. Elle désire simplement offrir un peu de distraction à Cynthia. Cela va nous faire le plus grand bien à tous les trois. Viens te coucher, maintenant. »

4

La première chose que Gene Byrne remarqua en rentrant du bureau fut l'enveloppe posée sur le dessus de la pile de courrier. Anna, la femme de ménage, savait qu'il s'intéresserait en premier à la lettre de sa mère.

Il s'assit aussitôt pour la lire et ne put retenir un sourire. Une invitation à passer la journée avec elle et à rester pour le dîner ! Elle aurait pu aussi bien le faire par téléphone. Mais cela ne lui aurait pas ressemblé.

Je préfère que tu n'en parles pas à Ellen. Je ne veux pas heurter ses sentiments. Inutile de préciser que j'adore Ellen et ses petits. J'ai l'intention de les inviter bientôt, mais cette fois-ci j'aimerais t'avoir seul.

L'infatigable Annette Byrne laisse enfin parler son âge, se dit-il. Les jeunes enfants – surtout la chère petite Lucy – pouvaient, au bout d'une journée, user les nerfs de n'importe qui, même d'une personne moins âgée, à sans cesse remuer, courir, poser des questions. Il comprenait bien, et pourtant il était déçu. Même s'il avait de quoi occuper ses journées, grâce au travail, et ses soirées, puisqu'il vivait à New York – il allait souvent au théâtre et au concert –, il connaissait malgré tout des moments de solitude. Sa vie avait changé avec le mariage de sa fille, l'installation de son fils à Londres, et la mort de sa femme. Les moments de solitude étaient inévitables, et il n'avait pas le droit de se plaindre. Il ne se plaignait jamais, d'ailleurs. N'empêche qu'il était déçu.

Anna avait mis le dîner dans le four, prêt à réchauffer, et, connaissant les goûts de Gene, avait dressé le couvert sur la petite table près de la fenêtre, avec vue sur l'East River. C'était agréable de regarder passer les bateaux en mangeant, de se sentir au chaud, là-haut, de dominer les rues balayées par le vent, de boire dans un verre en cristal. Les initiales *SJB* – Susan Jane Byrne – étaient brodées sur le set de table, toujours en usage bien qu'il eût été acheté pour le trousseau de Susan, trente-deux ans auparavant.

Susan était partie beaucoup trop tôt. Le cancer ne se souciait pas de l'âge de ses victimes. Dans huit jours, cela ferait dix ans que Gene avait emménagé dans son appartement « de célibataire », juste après la mort de Susan et le mariage d'Ellen, quelques mois plus tard. Il se faisait souvent la réflexion que, si Susan n'avait pu échapper à la mort, du moins un certain nombre de problèmes lui avaient été épargnés : l'affligeant mariage et le désastre du grand hôtel.

Lui-même essayait de ne pas penser à ces événements. Par chance, il avait une activité, à l'inverse de son frère, qui, d'après le peu qu'il en savait, semblait être retombé dans l'oisiveté. On devait prendre son parti des choses. Le mariage d'Ellen, par exemple, aurait pu tourner beaucoup plus mal qu'on ne l'aurait cru au départ. Les enfants étaient adorables, il fallait le reconnaître. Quant à l'autre flétrissure de sa vie – une vie plutôt heureuse, car il avait eu des parents aimants et une épouse qu'il adorait –, il savait qu'elle ne s'effacerait jamais. Il devait simplement éviter de regarder en arrière.

En cette semaine anniversaire, ce serait pourtant difficile. Hier, revenant sous une pluie battante, il s'était rappelé tous les événements de cette nuit-là : l'orage tropical, les policiers et leurs pèlerines dégoulinantes, la chaussée ruisselante, les ambulances, l'agitation frénétique, les cris, les hurlements, et le vrombissement des hélicoptères dans le ciel.

Il n'y a plus de place dans la morgue. Ils les mettent par terre.

Cela n'aurait jamais dû se produire. C'était tout simplement, si l'on y réfléchissait, une question d'honneur et de vérité. Si seulement Lewis l'avait écouté, au sujet des révélations de Jerry Victor, cela ne serait jamais arrivé. Mais Lewis était trop impressionné par les Sprague et leur château en France – où la branche aînée de la famille, les Hanson-Sprague, recevait chaque été des ambassadeurs et des financiers – pour ouvrir la bouche et mener une enquête.

Personne ne me persuadera jamais, se répétait Gene une énième fois, que Jerry Victor ne disait pas la vérité. Il ne cherchait pas les ennuis. Il aurait pu porter plainte pour violation de la loi qui protège ceux qui dénoncent les pratiques frauduleuses. On lui avait promis une augmentation, on la lui a soudain refusée. On lui a fait faire un travail pour lequel il n'était pas formé et qu'il allait forcément exécuter de travers. Ils voulaient qu'il échoue. Ils s'apprêtaient à le faire chuter. Il le savait. Pourquoi ne les a-t-il pas attaqués ? Parce qu'il avait sa vie à construire, a-t-il dit. Voilà pourquoi je l'ai admiré.

Le plus drôle, c'est que, s'il avait eu à l'époque la même allure que quelques années plus tard à la cour, Lewis lui aurait sans doute accordé plus d'attention.

Le snobisme de mon frère lui vient en grande partie de Daisy. Mais pour qui se prend-elle, celle-là ? Elle n'est quand même pas sortie de la cuisse de Jupiter. Quand je pense à Susan, si peu prétentieuse alors qu'elle était, pour ainsi dire, une aristocrate, elle dont la famille remontait aux pèlerins du *Mayflower*...

Oui, mais, en attendant, la fille de Daisy a fait un bon mariage, elle. Encore un de ces caprices du destin. On ne peut jamais savoir ce que l'avenir nous réserve. C'est une tragédie effroyable, inimaginable, qui a frappé les jumeaux. J'étais soulagé de me trouver à Londres à ce moment-là. L'enterrement a dû être affreux ; Ellen l'a dit, et je peux l'imaginer. Ou plutôt non, je ne peux pas l'imaginer. S'il s'était agi de Lucy et de Freddie, je crois que je serais devenu fou.

Ils sont si beaux, si vifs, si adorables. Ils ressemblent à Ellen. Non que Mark ne soit pas bel homme. Il s'habille bien, avec beaucoup d'élégance, même. Évidemment, il faut soigner son apparence quand on travaille dans une galerie d'art de Manhattan. Je me demande combien il gagne. Pas beaucoup, sans doute, sinon pourquoi vivraient-ils dans un entrepôt aménagé, tout au sud de la ville, au lieu d'habiter ici, près de Central Park, comme Cynthia ? C'est tellement déprimant, là-bas, avec ces usines et ces entrepôts noirs et crasseux, tous ces camions et ces trottoirs encombrés. On a l'impression que l'air y est toxique – c'est certainement le cas, avec ces gaz d'échappement et aucun arbre pour absorber la pollution. Où les enfants pourront-ils bien jouer ? Et quelles seront leurs fréquentations ?

Mais Ellen a l'air de s'en accommoder

parfaitement, alors peut-être est-ce son choix, à elle. Je ne sais pas. Elle a toujours été indépendante. Comme la plupart des artistes. Elle finira sans doute par se faire un nom, quand les enfants iront tous les deux à l'école et qu'elle aura plus de temps pour travailler. J'ai vu une toile plutôt bonne sur son chevalet, l'autre jour. Grands dieux, quand je pense que cette grande pièce leur sert à la fois de cuisine, de salle à manger, d'atelier de peinture, de salle de jeux pour les enfants... Pourtant, ils sont de toute évidence heureux ensemble.

J'ai failli avoir une attaque, à cause de ce mariage. Pourquoi, avec toutes les relations qu'elle avait, toutes les occasions qui s'offraient à elle, Ellen est-elle allée chercher un type du nom de Mark Sachs ? Je n'ai rien contre les Juifs. Enfin, si, peut-être un peu. Ils sont spéciaux. Je ne sais jamais ce qu'ils pensent. Je ne me sens pas à l'aise avec eux. C'est juste une question de... Mais, en fait, ce n'est pas tant Mark qui me dérange. Il faut être juste, c'est un type bien. Mais ses parents, son père surtout ! Je me fiche qu'il soit médecin et soi-disant chef de service je ne sais où. Je ne peux pas le supporter. Je ne l'ai rencontré qu'une fois, il y a neuf ans, ça m'a suffi largement. Je ne veux plus jamais le revoir. Il était là, avec sa barbe noire, son air revêche, et il n'a rien mangé. Ellen m'a promis que je ne le reverrais plus et, Dieu merci, elle a tenu parole. J'imagine que monsieur le docteur n'a pas envie de me revoir, lui non plus. Nous nous sommes immédiatement détestés, lui et moi. Lui, surtout ; je l'ai senti dès qu'il est entré dans la pièce. La mère est un peu moins horrible, à part sa voix, forte, geignarde. Ce sont des gens hyperémotifs. Des Juifs orthodoxes. Ma fille ne leur plaît pas. Elle n'est pas assez bien pour eux. J'imagine ce qu'ils ont dû raconter, une fois de retour chez eux. Fréquenter des gens pareils. Et mes petits-enfants qui font partie de leur famille, qui sont liés à eux pour la vie...

Je parie qu'il ne leur a pas donné un sou parce qu'il désapprouve ce mariage. Moi, au moins, j'ai placé de l'argent pour eux. J'aimerais leur donner quelque chose maintenant, mais ils refuseront. Ellen ne veut rien, et Mark est très indépendant. Je reconnais que c'est tout à son honneur. Eh bien, ils auront ce qu'il leur revient à ma mort. Sauf les bijoux de Susan, déjà en possession d'Ellen. Elle ne les porte sans doute jamais, mais au moins elle les a. Ça leur aurait fait mal, à ces gens, d'offrir un cadeau à la mère de leurs petits-enfants, même s'ils ne l'aiment pas ? Oh, et puis zut. Du moment que je n'ai aucun contact avec eux...

Gene but son café. Il relut la lettre de sa mère. Encore une fois, il se demanda s'il y avait lieu de s'inquiéter.

Je t'attends de bonne heure, avait-elle écrit. *N'arrive pas après dix heures.*

Parfait. Il aimait se lever tôt ; il prendrait un petit déjeuner rapide et se mettrait aussitôt en route. Mais pourquoi précisément dix heures ? À moins qu'elle n'attende la visite d'un médecin ou d'un notaire ? Il souffrait d'imaginer sa mère en compagnie de l'un ou de l'autre, car médecins et notaires sont presque toujours synonymes d'ennuis. Elle avait déjà assez de soucis comme ça : les problèmes de Cynthia, et la brouille irréductible entre ses deux fils.

Il se leva et se fit un petit pense-bête : *Passer librairie pour maman. Nouveau livre sur châteaux anglais, plus bon roman. Macarons au chocolat, grosse boîte.*

5

Pendant ce temps-là, de l'autre côté de Central Park, Aaron Sachs et son épouse, Brenda, étaient en train de dîner.

« Il faudra partir tôt, si nous devons passer prendre Mark et Ellen, observa Brenda.

— Pourquoi n'ont-ils pas de voiture, je ne comprends pas. Il doit quand même avoir les moyens d'en acheter une d'occasion.

— Sans doute. Mais qui a envie d'une voiture à Manhattan ?

— Tu as raison, comme d'habitude, ma chère femme », répondit Aaron avec un clin d'œil.

Brenda, toujours si raisonnable, l'agaçait parfois, quand il était de mauvaise humeur. Mais, après tant d'années, elle restait toujours son épouse chérie, sa précieuse compagne, une femme vaillante, énergique, d'un caractère facile, et presque aussi jolie que le jour de leur mariage.

Pour le moment, il n'était pas précisément de mauvaise humeur, fatigué seulement. Il avait pratiqué une opération difficile, et l'un de ses patients se trouvait dans un état critique. Cette lettre d'Annette Byrne venait compliquer une vie déjà bien remplie. Qui avait envie de prendre la voiture pour aller à la campagne, en plein hiver, rendre visite à une quasi-inconnue ? Ils n'étaient allés chez elle qu'une seule fois, et il y avait neuf ans de cela. En prenant la lettre sur la table, il la tacha de sauce tomate.

« Oh, ce beau papier à lettres, protesta Brenda.

— Tant pis pour le papier à lettres. *J'attacherais beaucoup de prix à ce que vous veniez tous*, dit-elle. *Lucy et Freddie s'amuseront bien. Nous avons une nouvelle famille de cygnes à leur montrer. Alors, venez, s'il vous plaît.* Et pourquoi y attacherait-elle beaucoup de prix, hein ? Pourquoi ?

— Qu'y a-t-il là de surprenant ? Elle est âgée, et seule. Elle a envie de passer un moment avec ses petits-enfants et ses arrière-petits-enfants. Personnellement, je trouve très aimable de sa part de nous inviter aussi.

— Nous sommes les parents de Mark, non ?

— Quand même. »

Aaron poussa un soupir. « Je ne vais rien pouvoir manger, tu le sais bien. On nous servira sans doute du jambon en croûte.

— Mais non, voyons, dit Brenda en riant. De toute façon, nous mangerons des légumes, comme nous le faisons toujours.

— Ils ne savent pas cuisiner, marmonna son mari. Leurs aliments n'ont aucun goût.

— Arrête donc, tu es d'une mauvaise foi... »

Ils se regardèrent et éclatèrent de rire.

« Je me souviens d'elle comme d'une femme charmante et très simple, reprit Brenda. Mais je reconnais que je suis un peu intimidée. Je n'ai pas l'habitude du luxe. Non que sa maison soit un palais, au contraire, mais elle a ce genre de simplicité qui coûte une fortune, tu comprends ? Et puis le parc, la propriété...

— À t'entendre, on croirait que tu vis dans un taudis. Cinq pièces sur Central Park, ce n'est pas si mal.

— Je n'ai jamais dit ça, idiot.

— Eh bien, comporte-toi en conséquence. Ne sois pas humble. Tu es une aristocrate, non ?

— Si on veut.

— Tu as grandi dans une maison de la banlieue new-yorkaise, tu as suivi des cours dans un établissement privé, et tes grands-parents sont nés dans ce pays. Moi, j'ai vécu à Washington dans le quartier des réfugiés, et j'ai dû emprunter de l'argent pour faire mes études de médecine. Selon mes critères, tu es donc une aristocrate américaine. »

Il aimait la taquiner. Elle était terriblement sérieuse, prenait tout ce qu'on lui disait au pied de la lettre et mettait toujours un moment avant de réaliser que son mari plaisantait.

« Mark l'adore, tu sais. Il parle souvent d'elle.

— Qui ? Ellen ? Bien sûr qu'il aime Ellen. Il l'a épousée.

— Oh, Aaron, tu sais très bien que je veux parler de la grand-mère. Elle est très proche d'eux. Mais, d'après Mark, ses deux fils ne se parlent plus depuis des années. Ça doit être difficile, pour elle, de jongler entre les deux.

— Ces wasps * n'ont pas le sens de la famille.

— C'est ridicule. Tu ne devrais pas employer ce mot. En plus, il désigne un insecte déplaisant.

— Disons Anglo-Saxons, alors. Je n'ai rien contre eux... enfin, si, peut-être. Ils sont froids. Et avares. Ils ne font rien pour leurs enfants, une fois que ceux-ci sont adultes et quittent la maison. Je me demande si le père d'Ellen sait que nous lui avons offert un collier de perles, et que nous avons mis de l'argent de côté pour les petits. Vivre chez ces gens-là doit être comme vivre dans un réfrigérateur. Ils ne s'expriment pas. Ils sont là, tout guindés, à murmurer poliment. Ils n'ont pas de sentiments.

---

* Wasp : White Anglo-Saxon Protestant. Désigne les Américains blancs protestants. Le mot *wasp* signifie aussi : *guêpe. (N.d.T.)*

— C'est absurde, Aaron, tu ne sais rien d'eux. Tu répètes d'affreux clichés.

— Je connais les gens.

— Non. Ce que tu connais des gens, ce sont leurs os brisés. Comment peux-tu parler ainsi, quand notre belle-fille est la créature la plus adorable de la terre ? Et tu le sais parfaitement. »

Brenda observa son mari en haussant les sourcils d'un air interrogateur. Oui, il aimait bien Ellen. Elle rendait Mark heureux... Mais quelle différence si, par exemple, son fils avait épousé la fille Cohen. C'était une belle fille, et Aaron avait toujours espéré quelque chose de ce côté-là. Ou, à défaut de Jennifer Cohen, du moins une jeune fille issue d'une famille qui aurait pu s'allier à la leur. Ils auraient célébré les fêtes ensemble et se seraient sentis à l'aise. De quoi allait-il bien pouvoir parler, là-bas, dans cette luxueuse résidence de campagne ? Et il grommela quelque chose que Brenda n'entendit pas.

« Tu es fatigué.

— Non, répondit-il, car il ne voulait jamais l'admettre.

— Si. Je le devine à ta façon de ronchonner. Tu es fatigué, et en plus cette invitation t'a contrarié.

— À vrai dire, elle m'a fait repenser à des choses que j'avais essayé d'oublier. Mark ne va même plus à la synagogue. Je lui ai posé la question.

— Mark sait d'où il vient. Il en parle librement. Il est juif, mais non pratiquant.

— Non pratiquant ! Quel bien peut-il donc en résulter ?

— Je suis incapable de te répondre, soupira Brenda. Moi non plus, je n'approuve pas vraiment ça. Mais c'est la vie, le monde est différent, aujourd'hui. On n'y peut rien.

— Je me demande ce que vont devenir les petits. Regarde comme ils sont beaux. »

Sur le piano, les photos des deux enfants étaient présentées dans un cadre double : Freddie, pas encore deux ans, un ballon dans les bras, souriait, ravi, en montrant ses petites dents ; Lucy, six ans tout juste, les cheveux ébouriffés, vêtue d'une robe à froufrous, arborait un sourire piquant, déjà féminin.

« Ils ressemblent tous les deux à ma mère, commenta Brenda. Ils tiennent d'elle.

— Comme ils sont beaux, répéta Aaron, les yeux humides. Oui, mais que deviendront-ils ? Quel sera leur avenir ?

— Je suppose que du côté d'Ellen ils se posent les mêmes questions. De toute manière, là non plus nous ne pouvons rien faire, Aaron. »

Ils restèrent silencieux durant quelques minutes. La petite table sur laquelle ils prenaient leurs repas était placée près de la fenêtre, qui donnait sur le parc. Vue d'en haut, la patinoire ressemblait à un miroir piqueté de taches noires en mouvement.

« Il ne fait pas assez froid pour patiner, observa Brenda.

— Ils ont mis de la glace artificielle.

— Je t'ai dit que le tableau d'Ellen va être exposé dans une galerie de leur quartier ?

— Tu me l'as dit, oui. »

Elle meublait la conversation, il s'en rendait compte. Ce n'était pas gentil pour elle de se montrer d'humeur morose et de revenir toujours sur le même sujet. Il se força à prendre un ton enjoué. « Je pense qu'elle a du talent. Ses paysages sont très jolis.

— C'est bien ça le problème. Ils sont trop jolis. Ce ne sont que d'habiles imitations des scènes champêtres de Winslow Homer. Elle a même mis un cerf dans le dernier.

— Ne critique pas cette toile. Elle me plaît bien.

— Chéri, excuse-moi, tu es un chirurgien fantastique, mais tu n'y connais rien en art. »

Aaron agita le bras en désignant le mur du fond où, au-dessus d'un ensemble de chaises en cuir et acier, était accroché un immense tableau représentant des tubes vert acidulé et rouge sang imbriqués les uns dans les autres.

« Et toi, tu t'y connais ? C'est de l'art, ça ? On dirait des intestins.

— Aaron ! Il se trouve que c'est de l'art, oui. Et du très bon.

— Foutaises. Tu dis ça par réaction contre les réactionnaires. Tu aimes ces trucs abstraits parce que tes parents les trouvaient ridicules. » Il rit, soulagé d'avoir trouvé un sujet de plaisanterie.

« Eh bien, moque-toi donc. Ça me fait plaisir de te voir rire.

— À propos, comment se fait-il que tu admires le mobilier Chippendale d'Annette Byrne ? Si tu aimes le décor de cette pièce, tu ne peux pas aimer le style Chippendale.

— Je n'aime pas le style Chippendale, c'est vrai. Mais ses meubles sont beaux dans leur genre, et ils sont disposés avec goût. Ellen a du goût, elle aussi, en plus de ses autres qualités.

— C'est vrai, c'est vrai. Écoute, ne gaspille pas ton énergie à essayer de me convaincre d'aller chez elle. Je n'en ai pas envie, mais j'irai. Téléphone et dis-lui que nous acceptons son invitation.

— Non, j'écrirai. Quand on reçoit une lettre, la correction exige qu'on réponde par lettre. Ces gens-là sont très corrects. »

Soudain, le visage de Brenda s'assombrit. « Tu sais quoi ? C'est le père qui m'a laissé une impression très désagréable.

— Tu ne l'as vu qu'une seule fois.

— Oui, et c'était une de trop. J'étais tellement furieuse, jamais de toute ma vie je n'ai éprouvé une telle colère. Ça m'est resté en travers de la gorge. Je l'ai détesté.

— C'était réciproque, sois-en certaine.

— Ridé comme une pomme, les lèvres sèches, les yeux pareils à des épingles, qui transperçaient mes yeux. Pour qui se prend-il ? Le duc de Westminster, ou quoi ? Le duc serait plus aimable.

— Pas si sa fille s'était enfuie pour épouser notre fils, Brenda, ma chérie. »

Ils éclatèrent de rire. Puis Brenda dit avec sérieux : « Si jamais je tombais sur lui, un jour, quelque part, je... je ferais un esclandre. Je ne sais pas ce qui arriverait.

— Tu aurais ton nom dans les journaux, voilà ce qui arriverait. Note que je me joindrais volontiers à toi. La façon dont il regarde de haut notre Mark ! On dirait Hitler ! Il ne lui manque que la moustache pour lui ressembler.

— Dis-moi, comment une fille comme Ellen peut-elle avoir un tel père ? Et une femme comme Annette avoir un tel fils ?

— Va savoir. Les gènes, peut-être. Ne me demande pas ça à moi, je ne suis ni psychiatre ni Dieu, répondit Aaron en se levant de table. Bon, ça suffit sur ce sujet. Si tu as toujours envie d'aller au cinéma, je vais mettre les assiettes dans le lave-vaisselle pendant que tu te prépares. Dépêche-toi, sinon nous arriverons en retard à la séance.

— Aaron, une horrible pensée vient de me traverser l'esprit. Tu ne crois pas qu'elle ferait venir cet homme, n'est-ce pas ?

— Quel homme ?

— Le père d'Ellen.

— As-tu perdu la tête ? Bien sûr que non.

Ah, au fait, n'oublie pas d'acheter un petit cadeau pour elle.

— J'y pensais. Mark m'a indiqué une pâtisserie de l'East Side. Annette adore les macarons au chocolat. »

6

À quatre heures de l'après-midi, en décembre, il faisait déjà nuit. La lumière électrique inonda l'immense pièce, éclairant vivement le tapis sur lequel Freddie jouait avec ses cubes et où Lucy, à plat ventre, étudiait son premier livre de lecture. Du côté nord, les fauteuils et les étagères à livres, ainsi que le chevalet, devant la fenêtre, avec son tableau inachevé, baignaient dans une lumière plus douce ; à l'autre bout de la pièce, la cuisinière, l'évier et la planche à repasser étaient également éclairés.

Ellen avait déjà une longue journée derrière elle. La jeune femme se réveillait tous les jours vers six heures du matin, quand, de l'autre côté de la cloison qui divisait l'espace en trois petites chambres à coucher, elle entendait Freddie remuer dans son lit. Cela commençait par un gazouillis, mi-parlé mi-chanté – que cherchait-il à exprimer, et où avait-il entendu ces quelques notes joyeuses ? Puis c'était le bruit du petit lit qu'il déplaçait en s'agitant et qui cognait contre la cloison. Enfin, un appel pressant pour qu'on s'occupe de lui, c'est-à-dire qu'on le change et qu'on lui donne à manger. Inutile, même un dimanche ou un jour férié, de se cacher la tête sous les couvertures : impossible d'échapper à cet appel, il était temps de se lever.

« Debout là-dedans ! » disait autrefois le père d'Ellen quand c'était l'heure d'aller en classe. Et voilà qu'aujourd'hui elle reprenait cette phrase pour réveiller ses propres enfants. Curieux, songeait-elle, comme on traîne avec soi un drôle de bagage, des vestiges d'une autre vie, alors même qu'on a effectué un virage à cent quatre-vingts degrés.

Elle continuait d'utiliser les sets de table en lin de sa mère, même si cela l'obligeait à les repasser elle-même – ce qu'elle faisait en ce moment. Ils étaient trop délicats pour la laverie automatique, tout comme les robes faites main que Gran achetait pour Lucy. Lucy avait peu d'occasions de les porter, mais elles étaient ravissantes. Ellen en avait porté de semblables, à l'époque lointaine des concerts pour enfants et des goûters d'anniversaire dans les quartiers chics.

Aujourd'hui, elle vivait dans un tout autre monde. Pas la pauvreté, loin de là, mais quelque chose de très différent. Ici, il fallait surveiller les dépenses, calculer avec soin avant de débourser le moindre sou. Cela tracassait son père, qui ne cessait de lui poser des questions, proposait d'acheter ceci ou cela, et se heurtait toujours à un refus. Les parents de Mark faisaient la même chose, et se heurtaient au même refus.

Car Ellen et Mark avaient besoin de faire leurs preuves. Quand un homme et une femme, pour se marier, sont obligés de braver une multitude d'objections tenaces et de sinistres menaces d'échec, il leur faut se débrouiller seuls. Ils doivent prouver – et ce lieu commun, usé mais vrai, faisait toujours sourire Ellen – que « l'amour triomphe de tout ». Cela se démentait parfois : Ellen pensait à sa pauvre cousine Cynthia. Mais dans leur cas, l'amour avait triomphé.

Elle contempla ses enfants. Des enfants de l'amour, doués, en plus, d'intelligence et de beauté. Leur dîner, une appétissante tourte au poulet et aux légumes, cuisait dans le four. Leur père rentrerait bientôt du travail. Que demander de plus ?

À mesure que le soir approchait, elle guettait le bruit de l'ascenseur – un ancien monte-charge, poussif, du temps où l'immeuble était un entrepôt. Mark foncerait dans le couloir – il ne marchait pas, il courait –, elle ouvrirait la porte, et il serait là, avec ses baisers, son sourire et sa cravate déjà enlevée.

Mark se sentait beaucoup plus à l'aise en jean et baskets. Pour qui le connaissait bien, c'était drôle de l'imaginer ou de le voir sur son lieu de travail, vêtu d'un costume sombre et d'une cravate à rayures, tel un banquier ou un avocat de Wall Street. Mais il aimait son emploi à la galerie et, comme il disait, « l'habit correspond à la fonction ». À vrai dire, il le portait très bien. Grand et mince, sérieux et cordial, doté d'une voix aux inflexions agréables, Mark avait beaucoup de classe.

Gran trouvait qu'ils formaient un beau couple. Elle était la seule à le leur dire. Les amis ne font pas, en général, ce genre de commentaires ; quant à leurs familles respectives, vu les circonstances, on ne pouvait guère attendre d'elles un tel compliment. Ellen savait pourtant que c'était vrai. Ils formaient un beau couple.

Elle aussi était grande, et avait été aussi blonde que Lucy aujourd'hui. Ses cheveux aux reflets cuivrés étaient relevés sur sa tête, dégageant son long cou et son gracieux profil. Pour faire ses courses dans le quartier, accompagner Lucy à l'école ou emmener Freddie au square, elle mettait des jeans, comme tout le monde ou presque. Sinon, elle portait des vêtements simples de couleurs vives, car elle aimait les couleurs : aigue-marine, abricot, lapis-lazuli. Elle mettait peu de bijoux : des boucles d'oreilles fantaisie, une alliance toute simple, identique à celle de Mark, et, en certaines occasions, le magnifique collier de perles donné par la mère de Mark. C'était en quelque sorte un cadeau de réconciliation que Brenda lui avait offert à la naissance de Lucy. Ellen aimait bien Brenda, qui en dépit de tout était foncièrement tolérante et généreuse.

Les bijoux de sa mère, dont elle avait bien sûr hérité, se trouvaient dans un coffre à la banque. Ils étaient trop imposants et trop précieux pour retrouver dans la vie d'Ellen l'usage qu'en avait fait Susan. Depuis peu, la jeune femme s'était mise à penser à sa mère et à parler d'elle en l'appelant « Susan » – une façon de lui rendre sa jeunesse et sa joie de vivre d'autrefois ; les gens l'avaient en effet toujours décrite comme une personne « rayonnante », avant la longue maladie qui restait dans le souvenir d'Ellen attachée au nom de « maman ».

Si Susan avait vécu assez longtemps pour nous voir mariés, songeait Ellen, je lui aurais posé quelques questions. Et je crois savoir ce qu'elle m'aurait répondu. Ou alors, étant donné la pression que papa aurait exercée sur elle, peut-être ne m'aurait-elle rien dit. Pourtant, je suis certaine qu'elle savait ce qui se passait, mais elle n'avait tout simplement pas la force de prendre position pour moi. Je le sentais vraiment... Et n'est-ce pas pour cette raison que Mark et moi avons attendu qu'elle soit morte pour nous marier ? Elle souffrait assez sans qu'on lui impose en plus un scandale social, même absurde et minime...

L'année qui suivit la fin de ses études artistiques et l'obtention de son diplôme,

Ellen, après le travail ou lorsqu'elle avait un samedi libre, faisait la tournée de toutes les galeries de Manhattan, des plus petites aux plus huppées. Parfois, elle jetait juste un coup d'œil de l'extérieur et, ne voyant rien qui la tentait, continuait son chemin. D'autres fois, si quelque chose lui plaisait, elle entrait sans intention d'acheter, afin de satisfaire son regard avide.

Elle aimait en particulier les peintures de paysages anciennes, ou les œuvres contemporaines qui évoquaient un monde tranquille, sans industries – même si un tel penchant dénotait une nostalgie peu réaliste –, un monde de verdure et d'espace, d'animaux domestiques et de récoltes, soumis au cycle des saisons. Nostalgie sans doute en rapport avec les longs étés de son enfance chez Gran. Toujours est-il qu'elle pénétra, un jour de printemps, dans une galerie de la 57e Rue.

Un très beau jeune homme s'avança vers elle : « Vous désirez voir quelque chose ? »

Ellen détestait cela. Elle voulait regarder, et elle le lui dit.

« Très bien. Je suis à votre disposition pour répondre à toutes vos questions. »

Elle fit le tour de la galerie, où des toiles magnifiques étaient superbement mises en valeur par des cadres dorés qui, à eux seuls, coûtaient trop cher pour Ellen. Chez elle, il y avait des tableaux de prix, mais qui ne correspondaient pas à ses goûts. D'ailleurs, ils appartenaient à ses parents. Plantée devant un paysage représentant un ruisseau, au milieu d'un bois, sous la neige qui tombait, elle songea : Je donnerais tout pour posséder ce tableau ou, mieux encore, pour être capable de le peindre.

La galerie comportait deux salles. Après avoir examiné avec attention toutes les toiles, Ellen revint au paysage sous la neige ; absorbée par la lumière d'hiver et l'immobilité de la scène, elle croyait entendre le bruit de l'eau sur les cailloux, quand une voix dit dans son dos :

« Celui-là vous parle vraiment, n'est-ce pas ?

— Oui, et je lui réponds. »

Il rit. Un petit rire discret, professionnel comme l'exigeait son rôle. Il avait quelque chose de digne, de légèrement guindé, qualité qu'elle croyait britannique. Elle savait très peu de choses des Anglais, à part ce qu'elle avait vu lors de son unique voyage en Grande-Bretagne et, bien entendu, ce qu'on montrait à la télévision ou dans les films. Par la suite, elle apprit qu'il portait en effet un costume anglais, acheté pour lui en Angleterre par ses parents. Mais c'était une autre histoire.

« Désirez-vous avoir des informations au sujet de ce tableau ?

— Euh, oui, son prix. » Étant donné que sa formation artistique lui avait permis d'identifier tous les auteurs des tableaux, ce prix, elle pouvait facilement l'estimer elle-même.

« Il coûte trente-cinq mille dollars. Un exemple remarquable de l'œuvre de ce peintre. Il est mort l'année dernière, vous savez.

— Oui, je sais.

— Sa cote va grimper, il s'agit donc d'un investissement très intéressant. »

Elle ne répondit rien. Le jeune homme avait de beaux yeux, des yeux magnifiques, bruns, presque dorés autour des pupilles. Ou bien était-ce un effet de la lumière qui venait de la rue ?

« Bien sûr, je comprends que, si vous achetiez une œuvre comme celle-ci, ce serait parce que vous l'aimez, mais il est toujours agréable de savoir qu'on fait un bon investissement. »

Il voulait tellement vendre ce tableau ! Normal : il travaillait à la commission. Il n'y avait pas foule, en plus ; deux hommes étaient là, l'un debout, l'autre assis, feuilletant négligemment les pages du catalogue. Ce devait être une existence difficile, frustrante.

« Je vais réfléchir », déclara-t-elle, consciente qu'il avait dû entendre des centaines de fois cette même phrase.

Après un moment de flottement, elle vit qu'il regardait le diamant qui étincelait à son doigt : la bague de fiançailles offerte par Kevin. Quand il reprit la parole, il y avait de l'espoir dans sa voix. Après tout, une jeune femme qui possédait une bague de ce prix envisageait peut-être sérieusement d'acquérir ce paysage sous la neige. Avec un salut imperceptible, il lui tendit sa carte.

Mark Sachs, lut-elle.

« Ellen Byrne. Je vais réfléchir, répéta-t-elle. Merci beaucoup. »

Elle rentra chez elle en remontant à pas lents la Cinquième Avenue ; pas de magasins, ici, mais Central Park sur la gauche, avec de beaux bébés dans des poussettes dernier cri, et de beaux chiens tenus en laisse par des promeneurs de chiens professionnels. Sur la droite, jusqu'au Metropolitan Museum of Art et au-delà, s'élevaient les immeubles en pierre de taille, avec leurs marquises vertes et leurs portiers en uniforme bordeaux. Elle vivait toujours avec ses parents dans l'un de ces immeubles : cela n'aurait eu aucun sens de s'installer dans un appartement à elle, puisqu'elle allait bientôt se marier.

Il lui vint à l'esprit qu'elle passerait sans doute sa vie dans un appartement semblable, vaste, calme, rempli de meubles et d'objets de valeur, simples et de bon goût. Ses enfants seraient élevés de la même façon qu'elle, qui avait fait de la luge dans le parc, et manœuvré sur l'étang un magnifique bateau reçu pour son septième anniversaire. En fin d'après-midi, ils feraient leurs devoirs, dans leurs petites chambres donnant sur la rue transversale. Les pièces importantes – salle de séjour, bibliothèque et chambre principale – donneraient toutes sur le parc.

Il y avait dans cette disposition des pièces quelque chose d'ancestral, de patriarcal même, qui, tout bien considéré, correspondait assez à Kevin, homme autoritaire, compétent, mais aussi très gentil.

Lorsque le père d'Ellen l'avait rencontré pour la première fois, il avait affirmé : « Ce jeune homme ira loin. »

Il était sur le bon chemin. À moins de trente ans, sorti de la faculté de droit depuis quatre ans à peine, il s'était vu offrir un poste au bureau parisien de son cabinet d'avocats. En ce moment, il suivait une formation à Paris, après quoi il rentrerait, ils se marieraient et partiraient vivre à l'étranger pendant deux ou trois ans ; ensuite, conformément au parcours habituel, il reviendrait au bureau de New York, avec une promotion.

La perspective de vivre en France avait jeté Ellen dans une sorte d'extase. Une extase d'adolescente. Depuis le voyage qu'elle avait fait dans ce pays avec ses parents, elle était amoureuse de la France. Elle était amoureuse de Kevin, aussi.

On les avait par hasard présentés l'un à l'autre, sur le campus de l'université où elle étudiait, et où lui-même avait obtenu sa licence en droit. Il était en visite ce jour-là. Un groupe de cinq ou six étudiants, dont la camarade de chambre d'Ellen, se dirigeaient vers la cafétéria, et Ellen se joignit à eux. À côté de Kevin, il y avait un autre jeune homme, inintéressant. C'était Kevin, avec ses yeux bleus et son air audacieux, qui, en classe, attirait l'attention non seulement des filles mais aussi des garçons.

Il était déjà entré dans l'univers du travail, cet univers qui paraissait souvent, au pire une jungle dangereuse, au mieux un jeu de chaises musicales pour lesquelles tout le monde se bousculait, en sachant qu'il n'y avait pas de place pour tous et que certains seraient exclus. En voyant Kevin, on était à peu près sûr qu'il ne ferait jamais partie des exclus.

Ellen ne s'attendait pas qu'il la remarque. En fait, elle était sortie avec pas mal d'hommes différents sur le campus – des étudiants sérieux, des sportifs et des poètes solitaires –, mais tous du même âge qu'elle ou à peu près ; c'est pourquoi elle eut du mal à réprimer un petit cri de surprise quand, à la faveur du brouhaha de la conversation générale, Kevin lui demanda son numéro de téléphone.

Sa compagne de chambre était également surprise. Elle évalua Ellen d'un rapide coup d'œil, l'air de dire : Pourquoi toi ? Qu'as-tu de particulier ? Elle possédait toutefois des informations intéressantes au sujet de Kevin. Le jeune homme venait d'une famille de l'Ohio qui avait quelque chose à voir avec l'industrie de l'acier. À New York, il vivait seul dans un appartement près du World Trade Center.

« Il ne t'appellera sans doute jamais, prophétisa la camarade d'Ellen. Il est trop imbu de lui-même pour s'embêter avec une étudiante de licence. Tu es trop jeune pour lui. »

Mais il n'était pas « imbu de lui-même » ; il se révéla, en fait, d'une extrême modestie, et il l'appela. Quand il téléphona à Ellen, quelques jours plus tard, il lui demanda quand elle rentrait à New York. Pour les vacances de Noël, répondit-elle, et elle lui donna son numéro de téléphone chez ses parents. Son père remarqua, avec une satisfaction inaccoutumée, qu'il ne passait pas juste prendre Ellen dans le hall de l'immeuble, mais venait à l'appartement se présenter à ses parents.

« Ce qu'un homme devrait toujours faire, d'ailleurs. »

Tout alla très vite, ensuite. La première fois, ils assistèrent à un spectacle, à Broadway. La deuxième, ils dansèrent au Rainbow Room. La troisième, ils dînèrent dans un des tout nouveaux restaurants français du sud de Manhattan, encensé par les critiques gastronomiques. Les lumières étaient tamisées, les peintures murales vous transportaient, selon la direction de votre regard, vers les rivages de Bretagne ou les paysages des Alpilles, et les tables étaient assez éloignées les unes des autres pour permettre une conversation intime.

Non que leur conversation fût à proprement parler « intime ». Elle était explicative, plutôt. Ellen apprit que Kevin parlait déjà couramment trois langues et s'efforçait de trouver du temps pour étudier le mandarin, parce que la Chine, qu'on le veuille ou non – et il ne le voulait pas –, allait devenir la force dominante de la planète. Kevin apprit qu'Ellen espérait trouver un emploi mirifique dans un grand musée d'art, n'importe où ou presque, parce qu'un poste de ce genre est difficile à obtenir. De toute façon, elle entrerait dans le monde de l'art, sa passion ; bien que n'ayant guère de talent, elle avait quand même essayé de dessiner et de peindre. Ils avaient des intérêts similaires et des relations en commun.

Ellen eut le sentiment vague, bizarre, que tout cela lui rendait Kevin moins étranger. Ils s'attardèrent à boire du vin, puis du café, jusqu'au moment où ils se virent contraints de quitter le restaurant. Quand, une fois dehors, ils se retrouvèrent assaillis par un vent glacial et que Kevin suggéra d'aller se réchauffer chez lui, Ellen trouva cela parfaitement normal.

Dans ces années-là, songeait-elle souvent bien après son mariage, on était très désinvolte par rapport au sexe. On trouvait naturel de faire l'amour avec quelqu'un qu'on ne connaissait que depuis quelques jours, même si l'on n'en avait pas spécialement envie. Ellen n'en avait pas vraiment envie. Personne ne l'avait jamais profondément bouleversée, et elle se demandait si quelqu'un y parviendrait un jour.

Kevin était doux, mais pas trop. Il la trouvait sublime, merveilleuse ; il le lui dit, le lui répéta sans fin. Puis il la raccompagna en taxi, la reconduisit jusqu'à sa porte, l'embrassa et, le lendemain, lui envoya deux douzaines de roses magnifiques.

Les roses étaient peut-être un peu trop indiscrètes. À la place de mes parents, se dit Ellen, j'en tirerais la conclusion qui s'impose. Mais sa mère venait de subir un nouveau traitement chimiothérapique et était trop mal en point pour remarquer quoi que ce soit, et son père semblait trop séduit par la personne et la situation de Kevin Clark pour poser des questions. De toute façon, il ne pouvait rien changer à la situation, et il le savait sans doute.

On s'attache rapidement à quelqu'un qui vous porte aux nues, à condition, bien sûr, que ce quelqu'un soit par ailleurs attirant. Lorsqu'elle fut de retour à la faculté, Kevin lui téléphona tous les soirs ; elle éprouvait ainsi un double plaisir : l'attente de l'appel à venir et la satisfaction de l'appel reçu. Désormais, elle revenait aussi souvent que possible chez elle les week-ends, ce qu'elle ne faisait pas auparavant. Une fois, Kevin et elle passèrent quelques heures dans un motel, chose qu'elle n'avait encore jamais faite non plus.

« Ellen est une fille simple, disaient ceux qui la connaissaient bien. Elle a toujours eu peu de désirs. »

Et voilà que soudain elle avait envie d'une vie riche, pas sur le plan matériel mais sur le plan amoureux et sensuel. En repensant aux soirées que, d'après ce que croyaient ses parents, elle passait au théâtre ou au concert, elle achetait de la lingerie de luxe et des parfums coûteux. Elle se savait enviée, sauf peut-être de ses amies féministes radicales.

Elle passa ses examens avec succès et obtint sa licence en mai. Elle invita Kevin à la cérémonie de remise des diplômes parce qu'il avait déclaré vouloir y assister, ce qu'il fit en compagnie de Gran et des parents d'Ellen. Tout le monde était au courant, mais, bien entendu, personne ne se risqua à prononcer un mot concernant la suite.

La suite eut lieu quelques jours plus tard, dans l'appartement de Kevin. Du vingt-deuxième étage, Ellen contemplait la vue sur l'Hudson River, large et étincelante, le pont qui l'enjambait, au nord, et la pointe de l'île de Manhattan, au sud, à l'endroit où le fleuve se jette dans la baie de New York.

« Il semble que dans cette ville, murmura-t-elle, ce que les gens désirent en premier dans un appartement, s'ils en ont les moyens, c'est la vue.

— Ça dépend. C'était parfait pour moi jusqu'à maintenant, mais j'aime bien le genre d'endroit où tu habites, plus au centre et près du parc, où nos enfants pourront jouer, comme toi autrefois. »

Ellen se retourna. Voilà le moment le plus important de ma vie, songea-t-elle. Pourquoi ne pleurait-elle pas, pourquoi n'éprouvait-elle rien d'extraordinaire ? Elle était simplement contente, très contente. Mais, après tout, ce n'était pas une surprise. Elle se jeta au cou de Kevin et ils échangèrent un long baiser.

« Je suppose que la réponse est oui. C'est pourquoi j'ai apporté ça. »

Ça, c'était la fameuse bague – un magnifique bijou de famille destiné à l'épouse de Kevin. Maintenant, leur destin se trouvait scellé. Dans moins d'un an, Kevin aurait un poste à Paris. D'ici là, il serait amené à se déplacer dans différents pays d'Europe. En attendant, on organisa de grandes réjouissances. Ses parents vinrent de l'Ohio ; les parents d'Ellen les convièrent à dîner pour fêter l'événement, et Gran les invita à un déjeuner à la campagne. Il y eut du champagne et des fleurs, on porta des toasts. Kevin et Ellen étaient des jeunes gens heureux, qui avaient bien de la chance.

Elle en était tout à fait consciente, le jour où elle rentra chez elle, après la rencontre dans la galerie de la 57e Rue.

Sa mère se reposait sur le canapé de la bibliothèque. Depuis quelques mois, elle dormait presque tous les après-midi. Et pourtant, elle persistait à ne pas vouloir admettre la gravité de son état. Sa façon de se justifier fit mal à Ellen.

« Je ne sais pas ce qui m'a pris, aujourd'hui, de somnoler ainsi. L'air printanier, sans doute. Kevin a appelé de Paris, ma chérie. Je lui ai dit que tu n'étais pas encore rentrée. Il rappellera à cinq heures. »

À cinq heures précises, le téléphone sonna. « Tu me manques terriblement, commença Kevin.

— Tu me manques aussi.

— Qu'as-tu fait, aujourd'hui ? Tu ne sors pas plus tôt, le mercredi ?

— Si, mais je me suis promenée.

— Où es-tu allée ? »

Kevin avait coutume de demander des explications détaillées sur tout. Ellen trouvait cela parfois ennuyeux, mais, puisqu'il donnait volontiers ce genre de détails sur ses propres activités, elle ne se sentait pas le droit de se plaindre.

« J'ai visité quelques galeries.

— Tu as vu quelque chose qui te plaisait ?

— Oui, à trente-cinq mille dollars.

— Hum, je ne peux rien te promettre dans cette gamme de prix, chérie. Mais, tu sais, on trouve une galerie d'art dans presque chaque ville française d'une certaine importance, et pas toujours à des prix excessifs. Attends de venir en France. Tu verras beaucoup de paysages comme tu les aimes. Quel temps fait-il, à New York ?

— Un superbe après-midi de printemps, doux et chaud.

— Cette description te va comme un gant. Ici, il a plu toute la journée, et ce soir il continue à tomber des cordes. Que fais-tu, en ce moment précis ?

— J'étais en train de vider mon sac à main. Il est plein de choses inutiles.

— Moi, je comptais les minutes jusqu'à cinq heures. Maintenant, je vais éteindre la lumière. J'ai une journée chargée, demain. »

Après avoir raccroché, Ellen jeta à la corbeille divers objets : un tube de rouge à lèvres usagé, un mouchoir déchiré, le papier d'emballage d'une barre de chocolat et une carte de visite. *Mark Sachs*, était-il écrit au-dessous du nom de la galerie.

L'espace d'un instant, elle éprouva un vague regret. Le jeune homme n'aurait-il pas été stupéfait si elle lui avait déclaré : « Oui, j'aime ce tableau, je l'achète » ? Elle aurait aimé voir sa tête, mais c'était absurde. Elle déchira la carte et la jeta, elle aussi, dans la corbeille à papier.

Environ quinze jours plus tard, Ellen, qui venait de s'acheter une paire de chaussures, marchait dans la 57e Rue. Les vitrines des magasins regorgeaient d'objets colorés – des jouets d'adulte, comme elle les appelait, même si elle les appréciait. Et voilà que, dans la vitrine de la fameuse galerie, il y avait « son » tableau. Vraiment merveilleux, songea-t-elle, et elle se demanda, si ridicule que cela fût, si elle ne tenterait pas de peindre quelque chose dans ce style : un ruisseau sous la neige qui tombe, l'eau sombre, les arbres noirs et nus, le ciel gris clair, presque blanc...

« Alors, vous réfléchissez toujours ? » C'était son vendeur qui sortait.

« Non, je ne peux absolument pas l'acheter. Si j'ai dit ça, c'était juste pour ménager ma sortie. »

Il sourit. « Les gens font tout le temps cela. C'est compréhensible.

— En revanche, j'essaie d'imaginer comment je pourrais peindre une toile de ce genre.

— Vous êtes artiste ?

— Je n'oserais pas affirmer une chose pareille. J'aspire à l'être.

— Même les plus grands ont bien dû commencer. »

Il y eut un silence, et Ellen s'écarta de la vitrine.

« Vous allez de quel côté ? interrogea le jeune homme.

— La Cinquième Avenue, puis je remonte vers le nord.

— Moi aussi. »

Ils marchèrent jusqu'au coin de la rue, attendirent au feu rouge et repartirent. Ellen se sentait gênée et stupide de cheminer en compagnie de cet étranger à qui elle n'avait rien à dire.

Mark Sachs. Elle se souvenait de son nom, sur la carte de visite, en lettres discrètes et raffinées, presque gravées, aurait-on dit.

« C'est agréable de sortir tôt, remarqua le jeune homme. Nous ne sommes pas submergés de travail, à cette époque de l'année. J'apprécie de prendre un peu l'air.

— Il ne fait pas trop chaud pour marcher, ça change. J'ai l'intention de quitter l'avenue et de traverser le parc.

— Moi aussi. Chaque fois que je vais rendre visite à mes parents, à Central Park West, j'aime couper par le parc et sortir à hauteur du Muséum d'histoire naturelle. Presque deux kilomètres à pied, c'est un bon exercice, en plus. »

Le dialogue se mettait lentement en route.

« Ils ont accompli des merveilles, dans ce musée. Mais ma préférence va toujours aux musées d'art. Je croyais que, une fois mon diplôme en poche, je trouverais tout de suite un poste intéressant dans un de ces grands établissements, mais ça ne s'est pas présenté. On ne nous dit jamais à quel point c'est dur de trouver un bon emploi. Alors, je travaille à la boutique du musée ; c'est amusant, et j'espère – qui sait ? – que ça débouchera sur quelque chose.

— J'ai pris mon emploi dans les mêmes conditions. Je savais que je voulais travailler dans le domaine de l'art. Je n'avais pas envie d'être médecin, ni avocat, ni enseignant. Peut-être que si j'avais grandi dans l'Ouest, je serais éleveur de moutons... J'ai donc passé une maîtrise de gestion, avec l'idée que, un jour ou l'autre, je posséderais une galerie d'art. »

Des petits garçons jouaient à faire naviguer des bateaux sur l'étang. Ellen et Mark s'arrêtèrent un moment pour les observer.

« Que serait New York sans ce parc ? dit Ellen. J'ai joué ici autrefois, avec des bateaux semblables. En fait, j'ai grandi dans ce parc. Je m'y sens chez moi, comme s'il m'appartenait.

— C'est la même chose pour moi, j'y ai fait du patin à roulettes, du base-ball, que sais-je encore ?

— Vous devez habiter juste de l'autre côté de chez moi. Je suis près du Metropolitan, vous près du Muséum d'histoire naturelle.

— Non, je partage un appartement à Greenwich Village avec deux copains de fac. Ce sont mes parents qui habitent ici. J'essaie de venir les voir tous les mercredis.

— C'est bien. Moi, je vis chez mes parents depuis la fin de mes études, en mai, parce que je... » Elle s'interrompit, avec le sentiment que ces explications étaient tout à fait déplacées vis-à-vis d'un étranger.

Il regarda sa montre. « Je suis en avance pour le dîner. Ils vont être surpris. » Leurs routes se séparaient, pourtant il ne partait pas. « C'était agréable de parler avec vous.

— Oui », répondit-elle avec un sourire. Consultant l'heure à son tour, elle ajouta : « Il est tôt pour dîner, c'est vrai, mais personne ne sera surpris chez moi. Mes parents sont dans le Maine.

— Alors, vous allez lire un livre en mangeant seule ? J'adore faire ça. »

Quelle situation ridicule ! Deux étrangers échangeant des propos stupides et guindés, au lieu de poursuivre chacun son chemin.

« Non, répondit-elle. Je n'ai pas pris le journal, ce matin. Je vais l'acheter et le lire dans une sandwicherie.

— C'est tout ce que vous allez manger ? Un sandwich ?

— Oh, il y a autre chose, si je veux. Je connais un grand café, dans Madison Avenue, qui ne fait pas seulement des sandwiches. »

Ils restaient plantés là, à l'endroit où l'allée bifurquait. Mark eut l'air de scruter le visage d'Ellen, parut sur le point de parler, referma la bouche, et dit enfin : « Cela vous ennuierait... enfin... verriez-vous un inconvénient à ce que je vous accompagne ? »

Ellen fut prise d'un doute. N'était-il pas en train de la draguer, en fin de compte ? D'un autre côté, où était le mal ? On pouvait considérer cela comme une aventure d'une heure, une petite aventure insignifiante, un amusement.

Devant le café, quelques tables étaient installées sous la marquise. Ils s'assirent, passèrent la commande, puis retombèrent dans un silence gêné qu'Ellen rompit en déclarant avec franchise : « Je suis désolée d'avoir abusé de votre temps, l'autre jour. Vous pensiez que j'allais réellement acheter ce tableau, n'est-ce pas ?

— On peut toujours espérer. Et quand quelqu'un a l'air... euh.... a l'air d'être... »

Elle le coupa en riant : « À cause de ma bague ? Quand les gens la voient, ils s'imaginent des choses. Je ne peux pas leur en vouloir, pourtant je déteste cette idée.

— Pourquoi la portez-vous, alors ?

— C'est ma bague de fiançailles. »

Il parut embarrassé, comme s'il avait commis un impair, alors que c'était elle – elle s'en rendait compte – qui avait évoqué le sujet.

« Il travaille en ce moment au bureau de son cabinet d'avocats à Paris.

— Alors, vous allez vivre à Paris.

— Pendant un an ou deux. J'espère apprendre là-bas un certain nombre de choses qui ajouteront un plus à mon CV.

— J'ai passé un an là-bas, au cours de mes études. Puis j'y suis retourné deux étés, et j'ai écrit un article dans lequel je démontrais comment la reconstruction de la ville par Haussmann a modifié les conceptions de l'architecture.

— Il a été publié ?

— Oui, dans une toute petite revue. Ce n'était pas une contribution très importante. Pas vraiment originale. Mais, un jour, j'aimerais écrire un livre sur la manière de reconstruire une ville entière, comme ce qu'a réalisé Haussmann.

— Vous aimez ce que vous faites actuellement ? demanda-t-elle avec curiosité.

— Je mets de l'argent de côté pour cette fameuse galerie et pour le livre que je veux écrire, alors j'ai intérêt à aimer mon travail.

En attendant, j'apprends beaucoup. J'ai les pieds dans le monde réel, et je rencontre des gens. Tous les jours, il se passe quelque chose d'intéressant – parfois triste, parfois amusant. »

Ellen croisa les yeux de Mark et vit à nouveau, avec surprise, la lueur dorée autour de ses pupilles. Une lueur vive, et pourtant, si on lui avait posé la question, elle aurait dit qu'il avait un regard pensif.

« Que s'est-il passé aujourd'hui ? Quelque chose d'amusant ou de triste ?

— Je vais vous raconter, et vous me direz. Un couple âgé est entré et a fait longuement le tour de la galerie. Ils venaient de province, et c'était leur première visite à New York. L'homme voulait faire un cadeau à sa femme. Elle avait envie d'un tableau pour accrocher au-dessus de son canapé. Celui qu'elle aimait était votre paysage sous la neige. Bon choix. “Il te plaît, maman ?” a dit l'homme. Et il m'a demandé le prix. Je lui ai répondu : Trente-cinq. “Ce n'est pas donné, a-t-il déclaré, mais puisque c'est son anniversaire, elle y a droit.” Puis il a sorti son portefeuille. “Je vais vous régler en liquide.” J'ai vu mon collègue devenir écarlate à force de se retenir de rire. J'ai expliqué à l'homme, très gentiment, qu'il y avait un malentendu et que j'aurais dû préciser qu'il devait ajouter quelques zéros. Il était stupéfait. “Vous voulez dire que vous prenez plus de mille dollars pour ça ? Pardonnez-moi, monsieur, je ne voudrais pas être désagréable, mais c'est du vol pur et simple." La pauvre dame était déçue, et ils sont ressortis en hochant la tête. Alors, que pensez-vous de cette histoire ?

— Elle me touche. Elle est bien plus triste que drôle.

— Sans aucun doute. »

Elle ne savait pas pourquoi, mais cette simple anecdote l'avait profondément émue. Elle avait conscience – et c'était une impression bizarre – de tout percevoir de façon plus aiguë : le reflet aveuglant du soleil sur le métal, les cubes de glace qui s'entrechoquaient dans son verre, le visage anxieux d'une passante.

« Racontez-moi une histoire amusante », réclama-t-elle.

Et, comme si elle avait exprimé un ordre, il obéit. C'était un conteur, un amuseur. Ils avaient bu un second verre de café frappé, et le soleil avait disparu derrière les immeubles, de l'autre côté de l'avenue, quand ils s'aperçurent de l'heure.

« Vous avez vraiment de l'humour, lui dit-elle. Et beaucoup d'esprit.

— Merci. Si j'en ai un tant soit peu, je le tiens de mon père. On riait à table, à l'heure du dîner, quand j'étais gosse. On rit toujours. Ce qui me fait penser que je ferais bien de me dépêcher. »

Ellen rentra chez elle en pensant à Mark Sachs. Quelqu'un d'intéressant, vraiment, d'extrêmement vivant. Elle avait l'impression qu'il ne devait jamais gaspiller un seul instant de vie. Puis une autre pensée lui traversa l'esprit. *Comment est-il quand il fait l'amour ?* Elle se sentit parfaitement idiote et, toute honteuse, réprima aussitôt cette pensée. Qui était-il, de toute façon ? Elle ne le reverrait jamais.

Puis il y eut un autre mercredi. Il faisait très chaud, ce jour-là – le genre de temps où l'on ne pense à rien d'autre qu'à flâner au bord de l'eau ou lire à l'ombre. L'endroit idéal se situait dans le parc, à l'embranchement vers West Side. Une petite brise soufflait, le silence régnait.

De temps à autre, au passage des promeneurs, Ellen levait les yeux de son livre. Des garçons faisaient du roller. Deux bonnes d'enfants poussaient des landaus. Un vieil homme lançait des miettes aux oiseaux tout en marchant. Et soudain Mark Sachs fit son apparition.

Il s'assit près d'elle et jeta un coup d'œil sur son livre. « Français... Vous vous préparez. Vous partez bientôt ?

— La date n'est pas encore fixée, mais bientôt, oui. Il... Nous devons trouver un appartement.

— L'endroit que je préfère est la place des Vosges.

— Vous avez des goûts de luxe !

— Je disais ça en l'air. Quel quartier aimeriez-vous ?

— Cela dépend de la rapidité et de l'importance de l'avancement de Kevin au sein du cabinet. » Et soudain, consciente d'une obligation, elle affirma avec loyauté : « Il est très brillant. Quelqu'un m'a dit que son ascension est fulgurante.

— Alors, en fin de compte, vous pourrez vous permettre d'acheter le paysage sous la neige, ou un autre du même genre.

— Je vous ai dit que je vais en peindre un moi-même.

— Vous êtes vraiment douée à ce point ? Sérieusement ? »

Ellen secoua la tête. « Je ne crois pas, même si quelques-unes de mes œuvres ont été exposées dans la salle paroissiale, chez nous, à la campagne. »

Il approuva d'un signe de tête, puis, brusquement : « Je suis juif, déclara-t-il. Orthodoxe. C'est-à-dire, mes parents le sont.

— Ah oui ? Moi, j'appartiens à l'Église épiscopale. Et alors ? »

Il haussa les épaules. « Je ne sais pas. J'aime bien que les choses soient claires, c'est tout. »

Elle s'interrogea : Pourquoi désirait-il que les choses soient claires ?...

Elle poursuivit sur ce sujet. « Ça me paraît intéressant. Parlez-moi de vous. » Et elle ajouta aussitôt : « Si vous en avez envie.

— Il n'y a pas grand-chose à dire.

— Oh, si, il y a toujours quelque chose à dire. Par exemple, pourquoi n'êtes-vous pas juif orthodoxe comme vos parents ?

— Ça n'a jamais pris sur moi, c'est tout. Mon père est un homme bien, parfois difficile à vivre quand on n'est pas d'accord avec lui. Il voulait que je sois chirurgien, comme lui. Il le désirait très fort, alors cela a été une grosse déception, bien qu'il n'en parle jamais ; il a dû faire des efforts pour m'accepter tel que je suis, c'est évident. Ma mère prend mieux les choses. » Mark sourit. « Ou du moins elle fait semblant. Elle est assistante sociale, elle a l'habitude de démêler les problèmes et de réconcilier les gens. De toute façon, elle vient d'un milieu très différent de celui de mon père. Elle n'a jamais eu à se battre, et cela fait une grande différence. »

Cette sincérité toucha Ellen. Il n'avait rien révélé de très intime, mais il avait une manière de répondre avec tant de franchise et de confiance à quelqu'un d'étranger. Alors elle dit, sans réfléchir :

« Je vous attendais, aujourd'hui. Je me suis souvenue que vous aviez dit que vous passiez ici le mercredi.

— C'est ce que j'ai pensé », répondit-il.

Cela n'avait aucun sens. Pourquoi avoir fait un tel aveu ? Cet homme allait croire qu'elle lui courait après. Ce qui n'était qu'à moitié vrai.

« Je voulais dire, rectifia-t-elle, je viens ici de toute façon. C'est un de mes endroits favoris. Et puis je me suis fait la réflexion que ce serait une coïncidence amusante si nous nous rencontrions à nouveau. »

Il regardait sa bouche, qu'elle avait rouge corail, aujourd'hui, assortie à sa robe. Puis il planta son regard dans ses yeux. Ses yeux à lui souriaient.

« Peut-être pourrions-nous dîner ensemble, un soir ? suggéra-t-il. Si ma proposition est déplacée, répondez-moi non.

— Déplacée ?

— Oui, parce que vous êtes fiancée.

— Je sors avec des amis. Kevin n'y voit rien à redire. Qu'est-ce qu'un dîner ?

— Eh bien, alors, je vous appellerai. Mais je veux que vous fassiez une chose, d'abord. Regardez dans l'annuaire le nom de mon père et l'adresse de son cabinet. Dr Aaron Sachs. Vous verrez d'où je viens, et vous saurez que j'ai un passé respectable, au moins.

— Vous ne croyez pas que je suis capable de voir par moi-même que vous êtes quelqu'un de respectable ?

— Non, je pourrais être Jack l'Éventreur sous un costume correct. Vous devriez être plus prudente. »

Elle éclata de rire. « D'accord, Jack. Je serai prudente. »

Il partit, et elle le suivit du regard. Avant de bifurquer dans l'allée, il se retourna pour la regarder et continua son chemin, sans lui faire signe de la main.

Le soleil s'était caché, l'air était suffocant. Marcher exigeait un effort, et la jeune femme sentit une grande fatigue l'envahir.

En arrivant chez elle, Ellen trouva un message de son père sur le répondeur.

« Ta mère ne se sent pas très bien. Rien de grave, mais nous pensons tous deux qu'elle sera mieux à la maison. Nous rentrons demain. »

Le message sous-jacent était clair : pour sa mère, la fin approchait. Ils s'y attendaient depuis longtemps ; ce n'était pas une surprise, peut-être une délivrance. Pourtant, en voyant la photo de Susan sur le piano, Ellen détourna la tête.

Le téléphone sonna, bruit étrange dans la pièce silencieuse. « Où étais-tu ? interrogea la voix de Kevin. J'ai essayé de te joindre trois fois depuis une heure.

— Au parc, en train de lire.

— Ma pauvre. Je sais que tu es terriblement seule en ce moment.

— Oh, j'ai mon travail, et je lis beaucoup. » Elle ne trouva rien d'autre à ajouter.

« Tu sembles très distante, Ellen. Que se passe-t-il ?

— Maman recommence à aller mal. Papa la ramène à la maison demain.

— Oh, mon Dieu, je suis navré. Mais tu savais que cela devait arriver. Tu seras courageuse. Je t'aiderai autant que je pourrai.

— Je le sais bien, Kevin.

— Maintenant, écoute. J'ai de bonnes nouvelles à t'annoncer. Je reviendrai pour Thanksgiving et je resterai aux États-Unis pendant deux mois ; nous pourrons donc nous marier et partir pour la France ensemble vers le 1er février.

— Oui, mais s'il arrive quelque chose à maman ?

— Nous ferons un mariage simple. Dans l'intimité. Juste la famille. En fait, je préfère ça à un mariage en grand tralala. »

Après avoir raccroché, Ellen fondit en larmes. Ce n'était pas uniquement à cause de sa mère. Pourquoi, alors ? La confusion... Tout...

Mark et Ellen dînèrent ensemble au restaurant. Ils assistèrent à un concert dans Central Park, puis à un autre. Un soir où il pleuvait, ils allèrent au cinéma, prirent un taxi jusque chez elle et, pendant tout le trajet, discutèrent très sérieusement du film. Mark semblait avoir perdu son humour et son esprit.

Quand elle rentra, son père l'accueillit d'un air enjoué. Tout le monde se montrait enjoué en présence de sa mère, ces jours-ci.

« Comment était le film ?

— Intéressant. Très bonne réalisation, je trouve.

— Ton amie l'a aimé ? Comment s'appelle-t-elle, déjà ?

— Fran. Elle était à la fac avec moi.

— Kevin a téléphoné, intervint sa mère. Il paraissait un peu contrarié quand je lui ai dit que tu étais au cinéma. Il t'avait demandé d'attendre son appel.

— Oh, je suis désolée ! J'ai dû mal comprendre. » Mais elle n'avait pas mal compris, elle avait oublié.

Quand son père fut sorti de la pièce, sa mère lui posa une question bizarre : « Es-tu heureuse, Ellen ?

— Ça va bien, maman. Ou plutôt, presque. Ça ira tout à fait bien quand je verrai que toi, tu vas mieux. »

Sa mère eut un faible sourire mais ne dit rien.

Ellen alla dans sa chambre et se déshabilla. Elle retira sa bague, la posa sur la table de nuit et resta debout à la contempler. Elle avait l'impression que quelque chose en elle vacillait.

Un jour, sa mère lui dit : « Notre dentiste t'a vue au concert en compagnie d'un jeune homme.

— Vraiment ? Oui, j'y suis allée avec une de mes collègues et son petit ami. Nous étions tous les trois. »

En octobre, il faisait un peu frais pour se retrouver dans le parc. Un dimanche après-midi, Mark arriva, bien équipé d'un pull épais et de grosses chaussures pour marcher dans les bois. Ellen était habillée de la même façon. C'était la première fois qu'ils se voyaient avec des vêtements autres que leur tenue de travail.

« Tu as l'air si différent ! s'écria-t-elle.

— Toi aussi. Plus réelle. Non, ce n'est pas tout à fait exact. Plus naturelle, peut-être ? À part la bague. »

Elle fit bouger ses doigts, regarda la bague et dit avec lenteur : « Elle est très belle... mais je préférerais ne pas l'avoir.

— Alors, pourquoi l'as-tu ?

— Ce genre de choses arrive, parfois on ne sait pas très bien pourquoi. »

Mark fixait les arbres derrière Ellen : « Il plaît à tes parents.

— Beaucoup.

— Ce n'est pas honnête de ta part, d'être ici. » Et, comme elle ne répondait pas, il continua, avec colère : « Si j'étais fiancé à une jeune fille et sur le point de l'épouser, je n'aimerais pas savoir qu'elle rencontre un autre homme, le dimanche après-midi, à Central Park. »

Elle se contenta de le regarder.

« Viens », dit-il en la tirant par le bras.

Dans un bosquet qui aurait pu se situer à des kilomètres de là, et non à quelques mètres de la Cinquième Avenue, ils échangèrent leur premier baiser – un baiser qui n'en finissait pas.

« Oh, mon Dieu, dit-elle. Oh, mon Dieu. » Et elle pleura.

Il fallait qu'ils trouvent un endroit où se rencontrer. La semaine suivante, Mark prit donc une chambre dans un hôtel de luxe où, comme n'importe quel couple de touristes, ils entrèrent avec leurs bagages.

« C'est trop cher, protesta Ellen. Tu ne peux pas te permettre une telle dépense.

— Nous méritons un bel endroit. Toi... dit-il, toi... Je mourrais pour toi. Le sais-tu ? »

Ils reposaient dans les bras l'un de l'autre. Ils n'avaient pas envie de dormir, pas envie que la nuit s'achève.

« Seigneur, comme je t'aime », dit-il.

Il avait les larmes aux yeux. Kevin n'avait jamais été ému à ce point, et elle non plus. Cet amour et son expression charnelle étaient complètement nouveaux pour Ellen. Comment aurais-je pu savoir que cela pouvait être si différent ? s'étonnait-elle. Cet homme est en tout pareil à moi. Nous sommes semblables.

Toutes les semaines ils changeaient d'hôtel, et Ellen inventait des prétextes quand elle passait la nuit hors de chez elle.

« Ça ne va pas, dit Mark un jour. Je devrais aller trouver tes parents et leur dire la vérité.

— Tu ne peux pas faire ça. Je suis toujours fiancée. De toute façon, ma mère est trop malade pour supporter la pression que mon père lui ferait subir. Et tes parents ? Ton père va-t-il déchirer ses vêtements en apprenant cela ? J'ai entendu dire que c'est la coutume.

— Non, répondit Mark d'un air sombre. Mais il en mourra d'envie.

— Nous n'y pouvons rien, n'est-ce pas ? Quand on est adolescent et qu'on demande aux gens à quoi on reconnaît le grand amour, personne n'est capable de fournir une réponse satisfaisante. “Oh, tu le sauras”, voilà ce qu'ils disent. Eh bien, c'est vrai. On le sait. »

Le 1er novembre, on vit apparaître des citrouilles – des vraies – dans les vitrines des magasins. Et Mark fit remarquer que Thanksgiving approchait.

« Oui, je n'en dors plus tellement j'appréhende. »

Ce soir-là, la mère d'Ellen lui posa encore une fois la question : « Es-tu heureuse, Ellen ?

— Tu me l'as déjà demandé, répondit-elle gentiment.

— Tu ne me le dirais pas, si tu ne l'étais pas. »

C'est exact, songeait Ellen. Tu vis tes dernières semaines, nous ont prévenus les médecins, peut-être tes derniers jours. Je me demande si tu le sais. Si oui, tu ne nous le dis pas non plus. Nous voulons tous nous ménager les uns les autres.

Quand Susan mourut, Kevin prit l'avion pour venir assister à l'enterrement. Durant les quelques jours qui suivirent, la maison fut assiégée de visiteurs et d'appels téléphoniques. Vers la fin de cette rude semaine, Kevin décréta qu'Ellen avait besoin d'un peu de répit et lui proposa de venir passer quelques heures au calme chez lui.

Au moment où il mettait la clé dans la serrure, elle songea qu'elle s'apprêtait à vivre le pire moment de sa vie. Elle avait imaginé toutes les variantes possibles de la scène, et pourtant elle ne savait toujours pas comment lui avouer la vérité sans trop le blesser.

Quand il la prit dans ses bras, elle ne résista pas, mais resta toute raide, les bras le long du corps. Elle avait vraiment l'intention d'être très, très gentille, et il lui était soudain impossible de répondre à la pression du corps de Kevin.

Il fit un pas en arrière, et son visage prit une expression perplexe, anxieuse. « Je ne comprends pas. Tu n'es pas heureuse de me voir ?

— Si, mais... mais il s'est passé tant de choses, balbutia-t-elle. Ça m'est difficile de parler, je...

— Je sais. Ta mère », dit-il avec douceur.

Elle avait une boule dans la gorge. Elle regarda en direction de la fenêtre, vers la nuit noire et la constellation de lumières.

« Pas seulement ça. Je... oh, Kevin, je ne sais pas comment te le dire. J'ai le sentiment d'avoir volé, trahi, menti... Je n'avais jamais imaginé qu'une chose pareille puisse arriver. Pourtant c'est arrivé. Je n'ai jamais voulu... »

Il la regardait fixement. Elle le vit avancer la main et agripper le dossier d'une chaise. Pendant quelques instants, ils restèrent debout, face à face, à se dévisager d'un air incrédule.

« Qui est-ce, Ellen ?

— Quelle importance ?

— Je ne vais pas le tuer. Dis-le-moi.

— Je l'ai rencontré cet été. C'est un homme bien, correct, comme toi. Nous ne voulions ni tromper ni blesser qui que ce soit. Nous n'avons pas pu faire autrement. C'est la vérité, l'entière vérité, je le jure.

— Et, bien entendu, tu as couché avec lui pendant que j'étais au loin et que je pensais à toi jour et nuit ? »

Elle vit la main de Kevin se crisper sur la chaise.

« Je pourrais te traiter de tous les noms. Je pourrais dire beaucoup de choses, mais je ne le ferai pas. Tu ne mérites pas que je m'en donne la peine. »

Maintenant, des années plus tard, cette scène restait toujours vivace dans la mémoire d'Ellen, avec ses couleurs, ses bruits, son silence. Cette scène et celles qui suivirent.

Kevin retourna en France avec la bague dans sa poche. Ellen apprit par des amis communs qu'il avait très mal vécu cette rupture. Pas plus mal que son père, pourtant.

« Que fais-tu de l'honneur et de l'honnêteté, Ellen ? Ma propre fille, dissimuler, mentir, tromper un homme décent. Voilà un outrage inconcevable.

— Si seulement tu voyais Mark ! Ce n'est pas juste de le condamner sans le connaître, répondit-elle, non pour fléchir son père, mais pour tenter de garder la tête haute.

— J'en sais assez sans le voir. Ta place n'est pas avec lui. C'est tout. Je t'ai demandé de reconsidérer la question, pour ton propre bien, mais tu refuses. Tu es une idiote, une petite idiote entêtée, et je n'ai rien de plus à te dire. »

Un drame identique s'était déroulé chez les parents de Mark. Alors Ellen fit ses paquets, laissa un petit mot affectueux à son père, et épousa Mark à la mairie.

Finalement, ils devaient tous se rencontrer. C'est Gran qui, plus de six mois après ces événements, organisa la rencontre sous le prétexte d'une réception de mariage. Quelques-uns des membres les plus âgés de la famille, ainsi que des voisins de Gran, jouèrent le rôle de tampons. La réception se tenait sur la grande pelouse, si grande que certaines personnes – les deux pères – pouvaient n'avoir aucun contact entre elles.

« Contact par échange de regards furieux », commenta Mark.

Malgré le temps estival, les roses et le punch, la garden-party fut épouvantable. Seules les personnes âgées, captivées par le côté Roméo et Juliette de l'histoire, empêchèrent vaillamment la conversation de retomber à plat.

Brenda fut la première à s'adoucir, ce

dont Ellen lui serait toujours reconnaissante. Finalement, la naissance de Lucy amadoua les deux pères, assez pour leur faire accepter le mariage, du moment qu'ils n'étaient pas obligés de se rencontrer.

Désormais, songea Ellen en rangeant la planche à repasser, cette haine ne pouvait être qualifiée que de pathologique. Eh bien, tant pis, se disait-elle quand Mark entra.

« Je meurs de faim, déclara-t-il après avoir posé son porte-documents, embrassé Ellen d'abord, les enfants ensuite. Qu'est-ce que c'est ?

— Une invitation de Gran. Elle veut que nous allions la voir la semaine prochaine et que nous passions la nuit chez elle. »

Mark lut à voix haute : *N'en parle pas à ton père, Ellen. J'invite les parents de Mark aussi. La prochaine fois, ce sera le tour de ton père.*

« Mes parents y vont ? questionna Mark.

— Oui, nous partirons tous ensemble.

— Il faudrait vraiment voir ta grand-mère plus souvent. C'est une personne adorable. Je me dis toujours qu'elle devait te ressembler, quand elle était jeune.

— Lorsque Freddie sera un peu plus grand, ce sera plus facile, et nous le ferons.

— Tu te souviens de cette réception de mariage ? Quel supplice ! J'en avais des sueurs froides, en rentrant, à cause de ces deux-là. Neuf ans déjà ! Je te le dis tout net, je serais incapable de revivre ça. » Et il rit en se rappelant cette journée.

7

Annette avait une habitude qui remontait à son enfance : chaque soir, avant de s'endormir, quoi qu'il ait pu advenir dans la journée, elle imaginait quelque chose d'agréable pour le lendemain. Il pouvait s'agir, tout simplement, d'aller feuilleter des livres à la librairie du coin ou passer l'après-midi avec une vieille amie. Ou même, d'un petit déjeuner de galettes et de saucisses, un matin d'hiver. On a beau dire, les petits plaisirs contribuent à adoucir les grandes peines, songeait-elle souvent. Non que je sois une autorité en la matière, ajoutait-elle aussitôt. Je n'ai connu que très peu de malheurs, dans ma vie : la mort de mon mari et celle des jumeaux de la pauvre Cynthia.

Son chagrin présent ne pouvait en rien se comparer avec ces douleurs-là. Toutefois, la brouille entre ses fils durait depuis trop longtemps et lui faisait mal. Quand on pensait à toutes les expressions du langage courant – *frères de sang, amour fraternel* –, on se disait que ces deux-là étaient trop âgés et trop intelligents pour rejeter des liens aussi précieux.

D'autres conflits, encore, heurtaient sa raison. Le divorce imminent et, à son avis, tout à fait inutile, entre Cynthia et son jeune et charmant mari, par exemple. Ou la querelle entre beaux-parents qui pesait sur le ménage d'Ellen. Mais qu'est-ce qui leur prenait, bon sang ? Pourquoi, à leur âge, n'agissaient-ils pas avec plus de bon sens ? Conduisez-vous en adultes ! avait-elle envie de leur dire.

Ce n'était pas si simple. En un bref moment d'inspiration, elle avait cru à cette possibilité, et écrit ces lettres mensongères. Demain matin, ses manigances allaient se retourner contre elle, et elle était morte de peur.

Debout dans la bibliothèque, elle s'adressait maintenant au portrait de Lewis. Les yeux pénétrants de son mari la fixaient attentivement ; l'alliance brillait à sa main gauche, posée à plat sur un livre ouvert. Annette eut un instant l'impression, ancienne et familière, qu'il la taquinait : *Oh, Annette, toujours à fourrer ton nez dans les affaires des autres !*

« Mais non, répliqua-t-elle à haute voix. Si tu étais encore parmi nous, toi-même tu houspillerais tes fils. »

Elle eut envie de rire en se rappelant le

jour où les deux garçons, alors assez grands pour prendre leur bain tout seuls, avaient fait déborder la baignoire. La jubilation cédant la place à la fureur, des cris perçants avaient fait accourir les parents dans la salle de bains. Un petit lac se formait sur le sol, tandis que les deux enfants se battaient dans la baignoire.

« Il m'a envoyé du savon dans les yeux !

— Il m'a donné un coup de poing ! »

Une fois les gamins sortis de l'eau et calmés, le sol essuyé et l'ordre rétabli, Lewis et elle étaient presque aussi trempés que les garçons. Et comment cela avait-il fini ? Ils étaient allés tous les quatre manger une glace, le plus tranquillement et le plus joyeusement du monde.

Si seulement les problèmes d'aujourd'hui pouvaient se régler avec autant de facilité !

Cynthia. Toute cette tragédie du divorce, au lieu de faire un effort pour préserver le mariage.

« Ce n'était pas rose tous les jours, pour nous, n'est-ce pas, Lewis ? Et ces deux gosses, Ellen et Mark. Devaient-ils faire plaisir à leurs parents, en tombant amoureux ? Nous, non. Tu n'avais pas le sou quand nous nous sommes mariés, et je sais que mes parents n'étaient pas enchantés, mais ils n'ont jamais fait la moindre réflexion. »

Quand Annette se tut, le silence envahit la pièce. Les chiens dans leurs paniers dormaient profondément, sans rêves de chasse. Le sommeil des vieux, songea-t-elle. Mes chiens sont âgés, comme moi. J'espère qu'ils mourront avant moi, sinon qui s'occupera d'eux ? J'aimerais savoir combien de temps il me reste, pour prévoir. Aujourd'hui, on vit jusqu'à plus de quatre-vingt-dix ans, c'est vrai, mais on ne peut pas compter là-dessus. On ne peut compter sur rien, je le crains. Bah ! c'est peut-être l'âge qui me fait dire ça. L'âge qui me donne envie de sermonner les jeunes. Et pourtant, ils me font peur. Quel méli-mélo va-t-il y avoir ici demain ?

Elle s'assit en face du téléphone et comprit alors qu'il lui fallait demander de l'aide. Agir autrement serait pure folie.

Marian Lester habitait à mi-chemin entre la maison Byrne et le lycée où elle enseignait. Elle n'avait pas cinquante ans, en paraissait dix de moins, et il pouvait sembler étrange qu'elle fût l'amie d'Annette Byrne. Mais Annette avait participé activement aux affaires de la commune, y compris au comité d'éducation, bien longtemps après que ses petits-enfants – à plus forte raison ses enfants – furent devenus adultes. Les deux femmes se connaissaient donc de longue date quand l'amitié était née soudain entre elles.

Un samedi matin, Annette avait eu la surprise de voir Marian au milieu d'un groupe d'enfants de maternelle venus dans les bois de la propriété Byrne pour une promenade éducative.

« Ne me dites pas que vous en avez assez d'enseigner aux adolescents !

— Pas du tout. Mais je fais partie du comité nature, et ils étaient en panne d'accompagnateurs pour la sortie de ce matin. Alors je suis venue en renfort. Ça me change, et je trouve ça plutôt amusant. »

Marian avait l'air mélancolique, remarqua Annette. Veuve depuis plusieurs années, elle vivait seule, et ses enfants, adultes, habitaient loin. La petite ville n'abondait pas en hommes seuls et séduisants, et de toute façon une enseignante n'avait guère le temps de sortir pour chercher l'homme de sa vie. Elle était si jolie, en plus ! Quel gâchis...

Sur une impulsion, Annette l'invita à dîner.

« Un soir de la semaine prochaine, par exemple. Enfin, si vous n'avez rien de mieux à faire, ajouta-t-elle avec tact. Je sais bien que la compagnie d'une vieille dame n'est pas très excitante. »

Marian sourit. « Cela dépend de quelle vieille dame il s'agit. Et vous n'avez pas besoin de préciser un soir de semaine. Je ne suis pas non plus très prise les week-ends.

— Eh bien alors, que diriez-vous de ce soir ?

— J'en serais ravie, je vous remercie. »

Elles passèrent une soirée fort agréable, qui devait être suivie de bien d'autres. Toutes deux adoraient les livres, la musique et la nature. Elles se passionnaient pour toutes sortes de causes et, comme toutes les femmes qui sont également mères, avaient beaucoup d'anecdotes à se raconter.

Les moyens financiers d'Annette lui avaient permis de voyager dans le monde entier, mais elle parlait rarement de ce qu'elle avait vu.

« Je dis toujours que les pires raseurs sont les gens qui, lorsqu'ils racontent leurs voyages, décrivent leurs problèmes intestinaux ou le petit hôtel pas cher qu'ils ont dégoté.

— Vous ne m'ennuyez jamais. J'ai envie d'entendre parler du Gange. Y voit-on vraiment des cadavres flotter ? Est-il vrai qu'en Mongolie on boit du lait de jument fermenté ? Non, vous ne m'ennuyez jamais. »

Il émanait de Marian une rare sérénité. Du moins avait-on cette impression de l'extérieur. Qu'en était-il à l'intérieur, personne ne pouvait savoir. Son expression songeuse, attentive, sa voix calme, ses cheveux noirs légèrement ondulés, tout en elle avait quelque chose de rassurant. Marian n'avait probablement jamais possédé le tempérament actif de Cynthia et d'Ellen – qu'elles tiennent sans doute de moi, songeait Annette avec un sourire.

Les deux femmes éprouvaient donc de l'admiration l'une pour l'autre et s'échangeaient de petits cadeaux, comme on le fait entre amies. Marian tricotait un pull pour Annette, Annette offrait des livres à Marian et l'invitait au spectacle. Et elles se confiaient l'une à l'autre.

Marian savait donc tout des querelles compliquées de la famille d'Annette, ce qui expliquait le coup de téléphone de celle-ci.

« J'ai besoin de votre aide, vous comprenez. Je veux les réconcilier. Ils sont tous en train de se gâcher la vie, et je trouve ça absurde. » Puis, prise d'un doute : « Dites-moi la vérité, Marian. Ai-je tort ? Suis-je en train de me mêler de ce qui ne me regarde pas ?

— Hum, en fait, oui, mais cela ne signifie pas que vous ne devriez pas le faire. Quelques-unes des plus belles choses du monde existent parce que des gens se mêlent de ce qui ne les regarde pas.

— Alors, vous viendrez ? Vous pourrez vous installer pour lire dans mon bureau, une petite pièce douillette et confortable. Puis, si vous entendez une dispute sérieuse – ce qui se produira sûrement –, vous interviendrez.

— J'arriverai de bonne heure. Tout cela m'a l'air intéressant. »

Percevant un sourire dans la voix de Marian, Annette sentit sa frayeur reculer. Au moins, elle aurait une alliée.

« Allez vous coucher, Annette, et pensez à quelque chose d'agréable pour demain, comme vous le faites toujours. »

À dix heures précises, les pneus de la voiture de Gene crissèrent sur le gravier de l'allée. Depuis l'époque lointaine où il avait appris à lire l'heure, la ponctualité était une de ses principales qualités. Dans la famille, Gene passait pour quelqu'un de fiable. Peut-être parviendrai-je cette fois à toucher en lui ce sens aigu de ce qui est juste et bon, se disait Annette.

Du café et des petits pains à la cannelle – les préférés de Gene – attendaient sur un plateau, dans la véranda où il aimait s'asseoir au milieu des plantes et des fleurs.

« Tu as fait repeindre les chaises, remarqua-t-il tout de suite en entrant.

— J'ai pensé que le blanc serait agréable, et changerait un peu. Ça te plaît ?

— C'est très joli. Je vois que tu n'as pas perdu la main avec les saintpaulias. On dirait l'été, ici.

— La lumière est bonne. Pas besoin d'autre chose, d'aucun don particulier.

— On ne croirait jamais qu'il fait moins quatre dehors.

— Je l'ai senti quand j'ai ouvert pour laisser sortir les chiens.

— Le vieux Roscoe va toujours bien ?

— Oui, il est en forme, pour son âge. Regarde-le. Il adore la chaleur. »

Gene observa le chien, qui se prélassait au soleil, près du siège d'Annette. Puis il regarda sa mère, en forme pour son âge, elle aussi, mince et élégante avec son ensemble en lainage bleu pâle, ses chaussures vernies, ses cheveux ondulés. Enfin, il jeta un coup d'œil au plateau, sur lequel étaient posées deux tasses et deux assiettes. Elle n'attendait donc personne d'autre, en conclut-il, soulagé de voir s'éloigner la menace de médecins ou de notaires venus discuter de sujets alarmants.

« Je suis allée fouiller dans le grenier, dit Annette. C'est incroyable le nombre de choses qu'on accumule sans s'en rendre compte. J'ai eu des surprises. Par exemple, je croyais qu'on avait donné tes trains depuis longtemps, mais ils sont toujours là, en parfait état, enveloppés dans du papier de soie. C'est ton père qui avait dû les ranger de cette façon. Il y a une énorme installation – tu te souviens ? Des ponts, des tunnels, une rivière, des villages, des arbres. Ça sera fantastique, pour Freddie, d'ici deux ou trois ans.

— Certainement », approuva Gene. Mais où Mark et Ellen mettraient-ils cette énorme installation, dans la pièce unique où ils vivaient ? Mystère.

Cette conversation l'intriguait. Pourquoi avait-il été invité ? D'ailleurs, le terme *convoqué* ne convenait-il pas mieux ? Car, en y repensant, la lettre de sa mère était un peu bizarre. Et puis, pourquoi aujourd'hui, précisément ? Pourquoi, enfin, lui avait-elle demandé d'envisager de rester pour la nuit ? Il aurait paru plus naturel qu'elle écrive : *J'aimerais que tu viennes bientôt me rendre visite. Pourquoi pas la semaine prochaine, ou dans quinze jours ?*

D'un autre côté, il ne s'agissait de rien

d'autre, sans doute, que du désir légitime – tout à fait légitime, à son âge – de profiter de la compagnie de son fils le plus tôt possible.

« Comment va Lucy ? Je ne l'ai pas vue depuis le week-end de la Fête du Travail, et elle me manque.

— C'est un amour. Je l'ai emmenée à une représentation de *Casse-Noisette* la semaine dernière. Il y avait une foule d'enfants, et pourtant c'est sur elle que les gens se retournaient et faisaient des commentaires. Elle portait une robe en velours noir que tu lui as offerte, m'a dit Ellen, et avec ses cheveux blonds et cette façon qu'elle a de babiller tout le temps... »

Annette éclata de rire. « Tu es un grand-père gâteux, on dirait.

— Je le reconnais. Mais elle attire réellement l'attention. C'est le portrait craché d'Ellen, tu ne trouves pas ? Et Ellen te ressemble beaucoup.

— Honneur immérité. Ellen ressemble à sa mère, tout simplement. »

Susan. Tantôt Gene acceptait calmement son absence – parfois pendant de longues périodes –, tantôt le simple fait d'énoncer son nom, la vue d'un visage, l'écoute d'un refrain suffisaient à éveiller soudain une douleur aiguë.

Il ne put s'empêcher de confier : « Elle me manque terriblement.

— Je sais. Ça vient par moments, n'est-ce pas ? Comme un coup de couteau dans le cœur. »

Un silence s'installa. Annette fixait un point au-dessus de la tête de son fils. Elle pense à mon père, songea Gene, qui ressentait la tristesse de sa mère.

« Oui, oui, reprit-elle. On regarde en arrière, toujours plus loin... C'est comme d'observer avec un télescope, on voit les objets reculer, la pelouse, la prairie, la colline, la montagne et, au-delà, des points de plus en plus petits. Dans la vie, c'est pareil... Les événements passés deviennent de plus en plus petits, eux aussi. »

Gene fut aussitôt sur le qui-vive. Annette n'avait pas coutume de débiter des platitudes philosophiques. Mais il la laissa poliment terminer son discours.

« Il existe un autre aspect du temps, une autre manière de voir. Malheureusement – et c'est très triste –, les bonheurs, quand on regarde en arrière, apparaissent le plus souvent dans une espèce de flou vaguement rose. Et les malheurs ressortent comme des taches noires bien nettes. Tu as remarqué ? Un jour, j'avais eu une sérieuse dispute avec ma sœur et, alors même que nous nous étions réconciliées, au moment de sa mort je me suis rappelé cette dispute. Je ne voulais pas, mais le souvenir s'est imposé à moi. Que j'étais contente que nous nous soyons réconciliées ! »

Et voilà, la vieille histoire revenait sur le tapis. Gene remplit les tasses, tout en réfléchissant à la façon la moins blessante d'empêcher sa mère de poursuivre sur ce pénible sujet, quand Roscoe bondit sur ses pattes en aboyant. Les jappements hystériques des épagneuls résonnaient dans le vestibule. Puis on entendit des voix.

« Bonjour, Jenny, comment allez-vous ? »

Grands dieux, c'était Lewis !

« Vous avez une mine superbe, Jenny. Vous ne vieillissez pas. »

Ça, c'était Daisy, sa chère belle-sœur, avec son faux accent anglais.

« Je vais accrocher vos manteaux. Entrez. Votre mère est dans la véranda. »

Et ça, c'était Jenny, certainement dans le coup et brûlant de curiosité.

Trois personnes, y compris Cynthia, se tenaient à la porte de la véranda. Gene fit un mouvement pour se lever et retomba sur son siège. Un silence accablé les saisit tous. Même Annette, qui s'était mise debout, parut un instant incapable de bouger.

Tu es allée trop loin, pensa aussitôt Gene. Maintenant, face à la situation, tu ne sais plus quoi faire. Pauvre maman. Un sentiment de pitié l'envahit.

Bien sûr, il comprenait à présent pourquoi elle avait insisté sur l'heure. Elle voulait être sûre que les voitures ne se doubleraient pas, sur l'étroite route de campagne, trouvant ainsi une raison de faire demi-tour.

Annette se reprit admirablement. Comme s'il s'agissait d'une visite ordinaire, elle accueillit les arrivants, les embrassa, offrit des sièges et proposa du café. Mais tout le monde restait figé.

Ce fut Lewis qui attaqua le premier. « Qu'est-ce que ça signifie, maman ? S'il s'agit d'une plaisanterie, elle est de très mauvais goût.

— Pas du tout, riposta Annette. J'avais simplement envie de voir mes fils ensemble. » Son cœur battait la chamade, mais elle parlait d'une voix ferme.

« Sauf votre respect, déclara Daisy, c'était une très mauvaise idée. Lewis et moi sommes venus exprès de Washington. Nous nous faisions du souci. Franchement, nous avons cru que vous étiez malade.

— Doit-on être malade pour mériter votre visite ?

— Bien sûr que non. Mais vous avez commis une terrible erreur.

— Laissez les hommes s'exprimer eux-mêmes, s'il vous plaît. »

Les deux frères ne se regardaient pas, ne disaient rien et se tenaient prêts à fuir. Deux hommes séduisants, fort semblables dans leur dignité, les cheveux légèrement argentés sur les tempes – on aurait dit deux citadins distingués posant pour une publicité bancaire. Ils tenaient de leur père leurs sourcils épais et droits et leurs lèvres expressives, plutôt délicates. Ils étaient beaux, mais pas autant que leur père, songeait Annette en toute honnêteté. Il aurait quelques mots à leur dire, s'il était encore parmi nous. Si ces deux-là croient que je vais les laisser partir, ils se font des illusions...

« Une terrible erreur, répéta Daisy. Je regrette d'avoir à vous le dire, mère, cela me blesse. »

Annette était en colère. Daisy la rendait encore plus furieuse, avec sa courtoisie glacée. Jeune fille, elle avait passé un an, autrefois, dans un pensionnat anglais et ne s'était jamais débarrassée de ses kilts ni de son accent d'emprunt. Annette s'efforçait de l'aimer et y parvenait la plupart du temps, cependant il y avait des moments où elle n'y arrivait pas, ce qui était le cas maintenant.

« Et moi, je regrette que vous le preniez ainsi, Daisy. Mais je suis leur mère, et je désire qu'ils fassent la paix. »

Lewis prit de nouveau la parole. « C'est trop tard.

— Il n'est jamais trop tard, tant qu'on est vivant.

— L'eau a passé sous les ponts.

— Ridicule. » Annette se surprenait elle-même d'être capable de parler avec fermeté et de se tenir droite, alors que son cœur battait à tout rompre.

« Ridicule ? répéta Gene. Je ne vois pas comment tu peux dire ça. » La dernière fois qu'il avait vu Lewis, ils quittaient tous deux la salle d'audience en compagnie de leurs avocats. Ils ne se parlaient plus depuis et ne se parleraient certainement pas aujourd'hui. En tout cas, songeait-il, pas après ce que j'ai enduré. « Quand des gens témoignent l'un contre l'autre devant un tribunal, il n'y a pas de quoi rire.

— Tu as raison, Gene. Je retire ce mot. *Tragique* est le terme exact.

— Oh, je vous en prie », intervint Cynthia, sans s'adresser à personne en particulier.

Elle faisait pitié. Gene chercha le regard de sa nièce pour lui faire comprendre, même si elle le savait sans doute déjà, qu'elle n'était pour rien dans cette querelle avec son père. Mais elle gardait les yeux baissés ; son visage était sombre et très maigre. Son tailleur à la mode, si différent des goûts simples d'Ellen, ne faisait que souligner le changement survenu en elle. Il l'avait peu vue depuis le drame, et seulement quand ils se trouvaient par hasard au même moment chez Ellen. Elle n'allait pas souvent rendre visite à sa cousine parce que c'était trop douloureux pour elle, supposait-il. Freddie atteignait l'âge qu'avaient les jumeaux lorsque...

« Viens, Cynthia, ordonna Daisy. Tu n'as pas besoin de cela, par-dessus tout le reste. »

Quand elles furent sorties, Annette se plaça devant la porte afin de barrer le passage à ses fils. « Maintenant, je vous demande de m'écouter, vous deux. Vous me devez au moins cela. Asseyez-vous, s'il vous plaît.

— Par amour pour toi, je vais m'asseoir,

acquiesça Lewis. Je ne veux pas te contrarier davantage, mais... je t'en prie, maman, tout ceci est très pénible, et injuste. Tu n'as sûrement pas oublié ce que j'ai vécu ! Entre les avocats et les journalistes, j'ai eu plus que ma part de souffrance. J'ai été cloué au pilori. Dois-je repasser par tout ça, ce matin ?

— Tu ne comprends rien, répliqua Annette avec douceur. Ce que je vous demande, à tous les deux, c'est d'oublier cette affaire. C'était un... une maladie. Oui, une époque de maladie et de souffrance. Si tu étais resté plusieurs semaines à l'hôpital, voudrais-tu revivre cette période de ta vie jusqu'à la fin de tes jours ? Ne t'efforcerais-tu pas plutôt d'oublier ?

— Exactement ce que j'ai fait. C'est pour ça que Daisy et moi sommes allés nous installer à Washington, où j'effectue un travail qui contribue, je l'espère, au bien commun. J'ai donc déjà tourné la page.

— Tu ne l'as certainement pas tournée, puisque tu restes brouillé avec ton frère.

— Oh, mais si ! C'est ça qui m'a guéri. Es-tu en train de me demander de pardonner et d'oublier ce qu'il m'a fait ? » Les avocats, sarcastiques, caustiques, l'avaient humilié, le présentant comme un coupable, un homme incompétent et négligent qui n'avait pas daigné donner suite à une plainte grave et qui avait refusé, par indifférence, d'envisager les terribles conséquences qui, en effet, en avaient découlé et le hanteraient jusqu'à la fin de ses jours. Indifférent ? Sûrement pas. Mais Gene n'avait rien fait pour l'aider. « Suis-je censé oublier la culpabilité dont il m'a accablé ? Elle m'obsède. Je ne méritais pas d'être mis en pièces par les avocats et les journalistes.

— Les journalistes sont venus me trouver, moi aussi, quand tu me les as envoyés.

— Moi, je te les ai envoyés ? fit Lewis d'une voix rauque. Absurde. »

Gene, assis aussi loin que possible de son frère, répliqua : « C'est très simple. Ça ne t'a pas plu que je dise la vérité quant à ton refus d'enquêter sur Sprague après les révélations de Jerry Victor. Tout simplement.

— Tu aurais pu atténuer tes propos, au lieu de me faire passer pour un criminel avéré. »

Atténuer ? se disait Gene. Victor avait tout dévoilé, et j'avais prêté serment. J'aurais dû enquêter moi-même sur Sprague dès le début. Mais je m'en remettais toujours à Lewis, en sa qualité d'aîné, entré dans le cabinet trois ans avant moi. Un nouvel accès de rage s'empara soudain de lui.

« Tu attendais que je mente pour toi, c'est ça ? cria-t-il. Oh, ce n'était qu'une petite affaire de vérité...

— ... et d'honneur », acheva Lewis à sa place. Honneur, venant d'un homme qui avait fait une vie d'enfer à sa propre fille, parce qu'elle avait quitté l'homme que son père voulait pour elle et en avait choisi un autre.

Tout ça était vraiment moche. Et quelle horreur d'en arriver là, en présence même de leur mère. Cela équivalait à la poignarder.

« Ces pauvres innocents qui sont morts, reprit Gene. Et toi, tu ne penses qu'à toi, à ta souffrance...

— Tu me rends malade. Tu es pareil à tous ces gens qui clament à tous vents que leur cœur saigne et qui versent des larmes sur le monde, alors que dans ton foyer, avec ta propre fille, tu...

— Nom de Dieu ! s'exclama Gene en se penchant brusquement en avant. Qu'est-ce qu'Ellen a à voir avec cette histoire ? Tu racontes n'importe quoi. Laisse-la en dehors de ça, compris ? »

Dans sa colère, il avait fait un grand geste et renversé la coupe de fruits posée sur la table. La coupe se brisa en mille morceaux, les oranges et les mandarines roulèrent sur le sol.

« Oh, je suis désolé ! Désolé ! s'écria-t-il, en se baissant pour ramasser les fruits. Je t'achèterai une autre coupe. Fais attention au verre cassé, tu risques de te blesser. »

Ce n'était pas du verre, mais du cristal, un Lalique pour être exact, et le préféré d'Annette, avec ses gracieux oiseaux perchés sur le rebord. Son mari et elle avaient choisi cet objet pour leurs vingt-cinq ans de mariage, lors d'une croisière sur le *France*, et il lui rappelait ces jours heureux.

« Ne t'inquiète pas, dit-elle. Nous balaierons plus tard. Ce n'est rien, je t'assure », insista-t-elle en voyant Gene – lui si méticuleux, si attentif – rouge de confusion.

« Il faut que je sorte d'ici. Je vais aller chercher du papier journal et ramasser ça avant que quelqu'un ne se coupe. Je suis désolée, maman, mais permets que je rentre chez moi. Je te verrai une autre fois. La semaine prochaine, je te le promets. »

Si elle les laissait partir à cet instant, elle ne les reverrait jamais plus ensemble. De cela Annette était certaine.

« Non, dit-elle d'un ton cassant. Non. Vous êtes adultes, et je ne peux pas croire que vous ayez envie de vous conduire comme des gamins. Si votre père était ici... » Elle s'interrompit en sentant les larmes lui monter aux yeux.

« Je suis content pour lui que ce ne soit pas le cas, dit Lewis avec tristesse.

— Mais moi, je suis ici ! Alors, pour moi, ne pouvez-vous pas...

— Maman, essaie de comprendre. Nous avons vécu un désastre qui nous a brisés. Ce que tu attends de nous est aussi irréaliste que de vouloir recoller les morceaux de cette coupe. C'est impossible, maman, et plus tôt tu l'admettras, mieux cela vaudra pour toi. »

Elle les revit à nouveau – ce genre d'images revenait souvent – ensemble dans la baignoire, ou habillés en costume marin, le dimanche, ou encore coiffés du mortier, lors de la remise des diplômes à l'université. Elle les imaginait, aussi, la nuit fatale où l'hôtel s'était écroulé.

Pourquoi la brouille de ces hommes presque sexagénaires l'affectait-elle autant ? Elle n'aurait su le dire. Peut-être, tout bêtement, parce que la vie était si courte.

« La haine réclame beaucoup d'énergie, déclara Lewis, et j'ai besoin de toute mon énergie pour soutenir ma fille. À mes yeux, rien d'autre n'a d'importance, à part toi, maman. Certainement pas mon frère. Maintenant, si tu veux bien m'excuser, je vais rejoindre les miens.

— Bon débarras », maugréa Gene quand la porte se referma. Il avait posé les fruits sur le plateau et ramassait les morceaux de la coupe avec une serviette en papier. « C'est à peu près la seule chose qu'il ait dite avec laquelle je sois d'accord.

— Ah, c'est joli ! Quel beau, quel noble sentiment ! Seigneur, si j'avais imaginé entendre ça un jour...

— Maman, reprit Gene d'une voix douce, en tenant sa mère par les épaules. Je sais ce que tu dois éprouver. Moi non plus, je n'aurais jamais imaginé connaître ça un jour. Mais on n'y peut rien. C'est trop profond, et ça dure depuis trop longtemps. De toute façon, tu peux toujours nous voir l'un et l'autre quand tu veux, tu le sais bien. Pas en même temps, c'est tout. »

Annette scruta le visage intelligent, honnête de Gene et secoua la tête. « J'ai honte de vous, dit-elle avec amertume. Honte, tu m'entends ? Et vous devriez tous deux avoir honte de vous-mêmes. »

Puis elle se dégagea de l'étreinte de son fils et sortit de la pièce.

Pendant ce temps-là, Daisy et Cynthia se trouvaient dans la bibliothèque. Daisy fulminait.

« Je n'en reviens pas ! Ta grand-mère, une femme d'un tel tact, d'une telle éducation, faire une chose pareille ! Qui sait si ces deux-là ne vont pas en venir aux coups ? Ils en sont bien capables. Ou alors, c'est moi qui vais éclater. Il faut vraiment s'attendre à tout, dans la vie !

— En effet », dit Cynthia avec quelque aigreur, elle qui le savait mieux que personne.

Debout à la fenêtre, elle contemplait ce jour d'hiver lugubre, la terre sombre, l'étang gelé, le ciel bas. « On dirait qu'il va tomber je ne sais quoi : de la pluie glacée, de la neige.

— Oh, zut ! J'aimerais rentrer avant que le temps se gâte. Je déteste conduire sur le verglas. Arrête de tordre ton collier, tu vas le casser.

— S'il veut casser, qu'il casse. »

Daisy se mordit la langue : je suis là à lui parler de son collier, alors qu'elle a le cœur brisé. Elle qui avait tout, elle n'a plus rien. C'est pire qu'un bombardement, un incendie ou une guerre. Le diable emporte Andrew, qui lui a assené le dernier coup ! Qu'il l'emporte à l'autre bout du monde ! Si seulement nous pouvions faire quelque chose pour elle. Nous ne cessons d'en discuter, Lewis et moi. Et nous espérons un miracle : nous l'imaginons redevenue elle-même, calme et tranquille, avec son petit sourire au coin des lèvres, comme avant.

C'était une mauvaise idée de l'avoir amenée ici aujourd'hui. Trop de souvenirs étaient attachés à cette ville : l'église, le mariage, la réception, à leur retour de voyage de noces, elle descendant l'escalier dans sa robe bleu lavande... Et puis, le cimetière.

« Cette pièce est belle, observa Daisy. Quand ton père aura fini de travailler à Washington et que nous reviendrons à New York, j'aimerais refaire le bureau dans ces tons-là. Je suis sûre qu'Annette ne m'en voudra pas si je la copie.

— Maman, je vais bien, dit Cynthia sans se retourner. Tu n'as pas besoin de te donner tant de mal pour me remonter le moral.

— Je ne me donne pas de mal, je le fais naturellement, ma chérie. Et tu parais en avoir bien besoin.

— Je sais que je ne suis pas d'une compagnie très gaie. Je n'aurais pas dû venir. Ça va mieux quand je travaille. Au moins, j'aide les autres, et ça me fait du bien.

— Hum, oui, c'est vrai. » Daisy hésita un instant, puis demanda à sa fille si elle avait des nouvelles d'Andrew.

« Je te le dirais, tu le sais bien.

— Je pensais que ses parents prendraient contact avec toi. Après tout...

— Je suppose qu'ils ont renoncé. Toi et papa, vous n'avez pas pris contact avec Andrew, non plus.

— Je n'aimerais pas me trouver là le jour où ton père le rencontrera.

— Autant que je sache, ça ne risque pas de se produire, alors ne t'inquiète pas. »

Parfois, quand elle ne parvenait pas à s'endormir et écoutait les battements de son cœur, Cynthia inventait des situations qui l'obligeaient à se confronter avec Andrew : dans la rue, ou dans l'autobus, où il venait s'asseoir près d'elle et tentait de la convaincre de le laisser revenir ; ou encore au théâtre : il était assis derrière elle, elle sentait son regard sur sa nuque et s'attendait à un acte de vengeance, à des paroles humiliantes. En imaginant ces scènes, elle se contractait de peur.

Peut-être ne pourrait-elle éviter de le voir, au tribunal, pour le divorce. Elle ignorait si les parties devaient se rencontrer. Si oui, elle ferait comme s'il était invisible.

L'étang avait une teinte bleu foncé. Au centre, qui n'était pas gelé, un couple de cygnes et leurs petits nageaient. À cette époque de l'année, les petits avaient en fait atteint la taille des adultes et, à l'exemple des oisillons que leurs parents poussent à sortir du nid et à voler, les parents cygnes lançaient leur progéniture dans le monde. Cynthia, qui s'y connaissait en cygnes depuis que son grand-père avait élevé ici même le premier couple, se demandait combien de générations séparaient ce premier couple du couple actuel. Elle regarda le plus gros des cygnes, le père, s'élever dans les airs, voler à basse altitude, et retourner auprès de ses petits, blottis les uns contre les autres ; puis il recommença. Il leur apprenait à voler.

Les cygnes étaient monogames, fidèles.

En tournant la tête pour suivre le mouvement des grandes ailes blanches, elle aperçut une voiture qui remontait l'allée. Qui, à présent ? Qui d'autre arrivait ? Quand même pas Mark et Ellen ?

« Oh non ! Maman, c'est incroyable. Viens voir. Voilà Ellen, Mark et les enfants et... oui, les parents de Mark sont là aussi. »

Daisy s'approcha de la fenêtre. « Comme situation absurde, embrouillée, stupide, on ne fait pas mieux ! Mais que s'est-il passé dans l'esprit d'Annette ? Si je ne la connaissais pas, je la croirais devenue sénile.

— Tu te rends compte que ces deux pères se méprisent ? Ils ne se sont pas retrouvés dans la même pièce depuis... au moins huit ou neuf ans ! »

Il y eut une certaine agitation dans le vestibule, puis le petit cortège, Jenny en tête, apparut sur le seuil de la bibliothèque et s'arrêta un instant, stupéfait.

« Vous serez à l'aise, ici, dit Jenny, rouge d'énervement. Ça ne manque pas de sièges. Vous avez besoin de quelque chose ?

— Nous avons tout ce qu'il nous faut, je pense. Merci, Jenny », répondit Ellen.

En effet, ils paraissaient chargés : ils avaient un grand sac rempli de jouets, un autre avec des couches de rechange, et des pulls plein les bras. Mark tenait d'une main un biberon entamé, et de l'autre retenait Freddie qu'il faisait sauter sur son genou.

Maintenant, Gene a deux ennemis, songeait Daisy. Cela va être intéressant.

« Quelle surprise ! lança Mark d'un ton enjoué. Nous nous demandions à qui appartenait cette voiture.

— Nous l'avons louée, expliqua Daisy.

— Je n'ai pas besoin de faire les présentations ? questionna Ellen. Ma tante, Daisy Byrne ; les parents de Mark, Aaron et Brenda Sachs – Dr Sachs.

— Comment allez-vous ? » dit Daisy, qui ne se souvenait que des moustaches noires du père de Mark.

« Où est Gran ? » demanda Lucy, qui était montée sur les genoux de Brenda pour un câlin.

Il y eut un moment de flottement, puis Daisy répondit : « Elle est dans la véranda avec Gene et Lewis. »

Ellen sursauta. « Que se passe-t-il ? La situation s'arrange ?

— J'en doute. Franchement, en sortant de là, je me suis félicitée qu'aucun d'eux ne soit armé.

— Mais qu'est-ce que Gran a bien pu imaginer ?

— Elle seule pourrait répondre, je le crains.

— Tout cela est lamentable, et inutile », commenta Cynthia.

Ellen lui sourit. Malgré le conflit entre leurs pères, elles avaient beaucoup d'affection l'une pour l'autre. Mais leurs chemins s'étaient séparés. Ça doit être un supplice, pour elle, de me voir avec mes enfants, songea Ellen. Je comprends pourquoi elle ne vient jamais nous voir.

« Je crois que Freddie est mouillé, dit Mark.

— Quoi ? Encore ? Vérifie.

— Ah non, il y a erreur. Toutes mes excuses, Freddie. Allez, joue avec tes cubes, maintenant. »

C'est un homme doux, songea Cynthia. Elle regarda les cubes tomber en tas sur le sol. Elle n'avait pas vu Freddie depuis plusieurs mois, et elle s'en voulait. Elle avait honte de penser que, vivant dans la même ville, elle s'était tenue à l'écart. Elle aurait pu aller à son premier anniversaire. Envoyer un cadeau, ce n'était pas pareil. Freddie était un beau petit garçon, encore potelé comme un bébé.

« Vous habitez la région ? s'enquit Brenda qui, ayant croisé le regard de Daisy, se sentait obligée de lui parler.

— Non, nous vivons à Washington, maintenant.

— Il me semblait bien qu'Ellen avait dit

que vous aviez quitté New York, mais je ne me rappelais pas où vous étiez installés. »

Elle meublait la conversation. Comme à un enterrement, quand on attend que la cérémonie commence, et qu'on croit nécessaire d'adresser la parole à la personne assise à côté de soi. Quelle drôle de pensée j'ai là, songea Brenda, en tournant ses regards vers Aaron pour solliciter son soutien.

Mais Aaron s'était agenouillé près de Freddie et de ses cubes. Il percevait des signaux dans la pièce, pareils à des fils électriques chargés de courant et de messages. Il captait les vibrations. Brenda ne se sentait pas à sa place ; Mark était mal à l'aise ; la jeune femme – elle s'appelait bien Cynthia ? – souffrait ; et la mère de Cynthia bouillait de colère rentrée.

Ah, ça suffit, se reprocha-t-il. Rien de tout cela ne te concerne.

Lucy interrogea Brenda : « Papy Gene est là ? »

Brenda consulta Mark du regard, sans qu'il s'en aperçût, car, de son côté, il consultait Ellen.

« Je ne sais pas », répondit alors Brenda à la fillette.

Lucy descendit des genoux de sa grand-mère et alla se planter devant Daisy. « Tu as dit qu'il était là avec Gran. Pourquoi il ne vient pas me voir ?

— Je ne sais pas.

— Je veux le voir.

— Heu... ce n'est pas possible, pour le moment », répliqua Daisy.

Enfant gâtée, jugea-t-elle. Quand une petite fille est aussi jolie, on lui accorde beaucoup trop d'attention. Elle avait vraiment un visage de poupée. On ne pouvait s'empêcher d'imaginer à quoi Laura aurait ressemblé, au même âge. Arrête d'imaginer, se reprocha-t-elle.

« Il faut que tu attendes, dit Ellen à sa fille.

— Mais je veux le voir, insista la petite.

— Pas maintenant, Lucy. » Et, de façon spontanée, Ellen expliqua à Daisy : « Elle adore mon père.

— Apparemment, oui », fit Daisy. La fillette était émouvante, mais Daisy n'était pas d'humeur à s'attendrir sur un enfant, si émouvant fût-il. Et quelle remarque stupide de la part d'Ellen, surtout s'adressant à elle.

Ellen s'impatientait. Quand elle lança à la cantonade : « Je me demande s'ils ont l'intention de rester là-dedans toute la journée », personne ne pipa mot.

Avec les cubes, Aaron édifia une tour que Freddie renversa avec allégresse. Il monta d'autres constructions, jusqu'au moment où Freddie se lassa et commença de fouiller dans le sac de jouets ; alors son grand-père se releva, épousseta son pantalon, puis regarda par la fenêtre et fit observer que le ciel était menaçant.

« Heureusement que nous restons ici

cette nuit, dit Mark. Je n'aimerais pas me trouver sur la route avec les gosses, si le temps devait se gâter.

— Vous êtes invités à passer la nuit ? demanda Ellen à Cynthia.

— Nous... » commença Cynthia, mais Daisy l'interrompit.

« C'était prévu, oui, mais nous ne restons pas. En fait, je suis prête à partir à l'instant même.

— Tu n'aimes pas la maison de Gran ? interrogea Lucy, en levant ses grands yeux bleus sur Daisy. Tu n'aimes pas Gran ? »

Daisy adorait les enfants, mais, en ce moment précis, elle trouvait que la fillette exagérait. Étant donné la situation, ses parents devraient la faire taire, estimait-elle. Ils voient bien que tout le monde est sur les nerfs.

Lucy continuait à détailler Daisy de pied en cap. Elle avait l'air fascinée. « Tu as des fleurs sur ton chemisier, remarqua-t-elle.

— Oui, en effet.

— Elles sont jolies.

— Merci.

— Pourquoi le monsieur déteste papy Gene ? »

Cette petite était trop intelligente. Et pourquoi, s'interrogeait Daisy, pourquoi faut-il qu'elle s'en prenne à moi ?

« Je ne sais pas. Je ne suis au courant de rien », répliqua-t-elle, en gratifiant Lucy du genre de sourire censé décourager les enfants obstinés.

« Si, tu sais. Tu as parlé du monsieur dans la véranda. »

Les adultes se regardèrent l'un après l'autre. *Ça alors ! Il faut toujours surveiller ce qu'on dit devant les enfants.*

« Grand-père, dit Lucy en se désintéressant de Daisy, tu ne détestes pas papy Gene, n'est-ce pas ? »

Aaron eut une quinte de toux. Mark se hâta d'intervenir : « Allons, Lucy. Va chercher un jouet dans ton sac, et amuse-toi.

— Ce sont tous des jouets de bébé, papa. Je n'en aime aucun.

— Quelle tête de mule », s'impatienta Mark.

Brenda reprit son fils : « Mark, tu vois bien qu'elle s'ennuie. Elle n'a que six ans, voyons. »

Ce genre de réflexion ne m'étonne pas d'elle, songea Daisy. Une assistante sociale, m'a-t-on dit. Trop indulgente. Farcie de psychologie à la mode freudienne. Demandez donc à cette enfant de se taire ! J'ai la tête qui explose.

Aaron reçut clairement le message : Cette femme n'approuve pas Brenda. Membre d'un club républicain. Capitaine de l'équipe féminine de hockey à l'université. Championne de golf et de deltaplane, je crois. Bon sang, je voudrais sortir d'ici. L'atmosphère est irrespirable.

« Mais qu'est-ce qui se passe, là-bas, que diable ? s'écria Daisy.

— Ils vont sans doute bientôt sortir, dit

Ellen d'un ton apaisant. Je suis sûre que tout va s'arranger. »

Tu penses ça, songea Cynthia sans méchanceté, parce que, pour toi, tout s'est toujours bien arrangé.

« Ce Gene, protesta Daisy. Impossible de savoir ce que cet homme...

— Tu t'oublies, maman, l'interrompit Cynthia. Il s'agit du père d'Ellen.

— Excusez-moi, Ellen. Je me suis laissée emporter.

— Tu vois, nous ne sommes pas les seuls à penser que c'est un salaud », murmura Aaron à Brenda, qui lui intima : « Reste en dehors de ça, Aaron. »

Cynthia se tordait les mains. Une hostilité insupportable l'entourait. Même son grand-père, du haut de son cadre doré, lui parut soudain glacial et furieux. C'était absurde, elle le savait, car il avait toujours été bon, cet homme qui cultivait son extraordinaire bout de jardin et offrait à Ellen, au petit déjeuner, de magnifiques fraises encore tièdes de soleil.

Il fallait qu'elle sorte de cette pièce. « Je vais faire un tour, annonça-t-elle.

— Non, Cindy, protesta sa mère. Non ! Dès que ton père revient, nous partons. Je n'ai pas envie d'être obligée de te chercher partout.

— Je vais jusqu'à l'étang. Tu peux me voir de cette fenêtre. Excusez-moi, tous, s'il vous plaît. »

Sur la glace, deux cygnes glissaient sur leurs grosses pattes noires comme sur des patins. Il y avait des restes de pain dans l'herbe près du bord de l'étang. Gran donnait à manger aux cygnes tout au long de l'hiver, quand l'étang était gelé et qu'ils ne pouvaient pas atteindre eux-mêmes leur nourriture à cause de l'épaisse couche de glace. Cynthia les observa jusqu'au moment où ils parvinrent à une zone de l'étang non gelée, où se tenaient les petits qui n'avaient pas encore pris leur envol. La tranquillité de ces animaux et le silence de cette journée d'hiver dissipèrent sa tension. Un vent violent soufflait, mais on n'entendait ni bruissement de feuilles ni cris d'oiseaux. Elle resta là, à écouter le silence.

Parfois, elle songeait à s'installer dans un endroit où elle ne connaîtrait personne et où personne ne la connaîtrait. Une région froide, l'Alaska par exemple, près d'un lac glacial, avec des aigles nichés dans les arbres. Ou alors une région chaude, une île sans touristes, où les vagues viendraient mourir sur une plage tranquille. Elle vivrait comme les primitifs, au jour le jour, sans souvenirs du passé – ou presque –, et sans souci du lendemain.

Bien sûr, elle savait que ces rêves d'évasion n'avaient pas de sens. Elle savait, aussi bien que n'importe qui, que le meilleur moyen, peut-être le seul, de se débarrasser d'une aussi grande souffrance était de travailler et de se mêler aux autres. C'était ce qu'elle avait fait ; elle ne s'était pas repliée égoïstement sur elle-même, elle ne s'était pas apitoyée sur son sort – l'apitoiement sur soi-même lui semblait une chose abominable.

Et pourtant, elle n'avait pas guéri...

Le vent devenait glacial. Elle resserra son manteau sur elle. Un beau et confortable manteau en cachemire gris, d'un prix si exorbitant qu'elle avait hésité à l'acheter. Mais quand on travaillait dans le domaine de la mode, on ne pouvait échapper à des coups de tête de ce genre, ça faisait partie du métier. Tout cela se passait dans une autre vie, très lointaine, où elle ne voulait plus jamais retourner.

Cynthia regarda en direction de la maison. La situation avait bien dû se résoudre d'une manière ou d'une autre, maintenant, sans doute pour le pire. Elle était triste pour Gran, si naïve, si confiante. Gran qui se donnait tant de mal pour arranger les choses au mieux.

Une quatrième voiture, une Jaguar noire, avait rejoint les trois autres dans l'allée. En l'apercevant, Cynthia s'arrêta net. Ça ne pouvait pas être la voiture d'Andrew... Mais si, bien sûr. Elle chancela sous l'affront. Instinctivement, elle se dirigea vers la cuisine, dans l'intention de se cacher ; mais ce serait absurde : on la chercherait partout. Alors elle se redressa, marcha crânement jusqu'à la porte d'entrée et pénétra dans le vestibule.

Andrew s'y trouvait avec Jenny. Manifestement, il venait d'arriver car il avait encore sur le dos sa veste en mouton. Un flash traversa la mémoire de Cynthia : c'était un samedi, il y avait du vent, ils cherchaient une poussette double et, après l'avoir achetée, ils avaient fait l'acquisition de cette veste en peau de mouton rouge. Elle aperçut en un clin d'œil le visage stupéfait d'Andrew, rosi par le vent, avec des cernes sous les yeux.

Furieuse, elle l'apostropha : « Qu'est-ce que tu fais ici ?

— Je n'en sais rien. On m'a invité. Ta grand-mère m'a téléphoné. Je n'avais aucune idée de ce qu'elle voulait. Elle ne me l'a pas dit.

— Ah oui, vraiment ! Tu ne savais pas que je serais là ?

— Non, je ne le savais pas », répondit-il avec un sourire hésitant. Il adoptait une attitude conciliante, comme s'il n'était pas certain de ce qu'elle allait faire. Cynthia aurait voulu effacer ce sourire de son visage.

« Je ne te crois pas, déclara-t-elle. Toi et ma grand-mère, qui semble avoir perdu l'esprit, vous avez concocté ça entre vous.

— Si tu ne me crois pas, je n'y peux rien, pourtant je t'ai dit la vérité. Le week-end, j'habite chez Jack Owens, et il se trouve que ta grand-mère a rencontré Mary Owens au village. C'est comme ça qu'elle a su que j'étais chez eux, et elle m'a téléphoné.

— Eh bien, maintenant que tu es venu, tu n'as plus qu'à repartir illico.

— Je ne peux pas repartir sans avoir vu ta grand-mère, tu ne crois pas, Cindy ?

— Ne m'appelle pas Cindy. Pour toi, je suis Cynthia. Ou plutôt, je ne suis personne.

— Cynthia... je t'en prie, ne pouvons-nous pas discuter tranquillement, raisonnablement ?

— Non ! Était-ce “raisonnable”, ce que tu as fait, ce soir-là ? J'étais – nous étions, pensais-je – tout au fond d'un trou noir, après la perte de nos enfants... et je commençais tout juste à remonter la pente, à apercevoir une lueur...

— Vraiment ? Mais tu ne m'avais rien dit. Je n'avais pas remarqué...

— Je voulais te le dire... mais tu ne m'en as pas laissé l'occasion, le soir où tu m'as couverte de boue. De boue ! Dire que tu m'as fait ça ! Et maintenant, tu... tu oses employer le mot “raisonnable” !

— Cynthia ! » C'était la voix de Daisy, qui prenait les manteaux dans la penderie au bout du couloir. « Nous allons... Quoi ! Mais qu'est-ce que vous faites ici ? » s'exclama-t-elle en apercevant Andrew.

Lewis déboula à son tour, et lança d'une voix tonitruante : « Que diable faites-vous ici ? N'avez-vous pas causé assez de tort à ma fille, sans la poursuivre, en plus ? »

Annette accourut, ses lunettes glissant sur son nez. « Ça suffit, Lewis ! Il ne fait aucun mal à Cynthia. C'est moi qui l'ai invité.

— Quoi ! Vraiment, j'aurai tout entendu. Tu n'as fait qu'aggraver les choses, ce matin, maman. J'en reste sans voix. »

Le vestibule, grand comme une pièce de taille moyenne, se trouva soudain bondé, un véritable métro aux heures de pointe. On ne pouvait guère y faire tenir plus d'une dizaine de personnes, et pourtant tout le monde, même Ellen avec Freddie dans les bras, se précipita vers le petit groupe qui se disputait bruyamment.

« Oh, Gran, s'exclama Cynthia, oh, Gran, pourquoi m'as-tu fait ça ? Pourquoi ? Tu étais au courant de tout...

— Oui, j'étais au courant. C'est pour cela que je l'ai fait. »

Humiliée par cet étalage public de ses sentiments les plus intimes, Cynthia éclata en sanglots.

Daisy mit ses bras autour des épaules de sa fille. « C'est un véritable cirque qui s'est déroulé ici ce matin. Écœurant. Nous partons, un point c'est tout. Votre présence, Andrew, ajouta-t-elle d'une voix glaciale, est la goutte d'eau qui fait déborder le vase. » Elle se tourna ensuite vers Annette. « Il faut que nous ramenions Cynthia. Immédiatement. Vous, Andrew, laissez-la tranquille. Je ne sais ce que vous êtes venu chercher ici, mais laissez-la en paix.

— C'est un problème entre Cynthia et moi, maman.

— De quel droit l'appelez-vous “maman” ? s'insurgea Lewis. Vous avez perdu ce droit, en vous comportant comme un animal, le soir où...

— Arrêtez, je vous en prie ! supplia Annette. D'accord, j'ai commis une grave erreur. Je voulais bien faire. » Ses yeux se remplirent de larmes, et elle sortit de sa manche un mouchoir en dentelle.

« Je pars, déclara Andrew. C'en est trop pour vous. Pour tout le monde. »

Mais Annette l'attrapa par le revers de sa veste. « Non, je vous ai demandé de venir, et je ne veux pas que vous partiez comme cela. Vous n'avez rien fait de mal. Restez. »

Aaron éprouvait de la pitié pour elle. Quelle indignité, de s'attaquer à une personne âgée. Il voyait cela, parfois, dans son métier, et ne pouvait jamais garder le silence.

« L'homme prompt à la colère commet des sottises », dit-il alors, assez fort pour que tout le monde entende.

Lewis le rembarra aussitôt. « Nous connaissons tous la Bible, merci beaucoup.

— C'est une vraie maison de fous, dit Aaron à Brenda, à voix basse cette fois. Je t'avais bien dit que je ne voulais pas venir.

— Ah, les gens, les gens, soupira Brenda avec tristesse. C'est tragique, voilà la vérité.

— Quelle honte ! Hurler comme des sauvages.

— Ne crois-tu pas que ça t'est déjà arrivé, de hurler et de tempêter, parfois ?

— Si, peut-être, mais pas de cette façon.

— Mon chou, tu criais si fort, quand

Mark est parti pour épouser Ellen, que j'avais peur que les voisins ne t'entendent. En tout cas, je te signale que nos voisins de palier, eux, ont bel et bien entendu. »

Annette pleurait et s'essuyait les yeux. Malgré sa haute taille et son port droit, elle avait l'air toute petite, soudain.

« Papy Gene ! s'écria Lucy, car Gene venait d'apparaître à son tour. Gran pleure.

— Grands dieux, Brenda, voici mon meilleur ami, marmonna Aaron, au moment où son regard croisa celui de Gene.

— Tais-toi, lui intima Brenda. Nous sommes coincés ici jusqu'à demain.

— Pourquoi ne pas partir maintenant ?

— Refaire toute cette route avec Freddie ? Le voyage aller était déjà bien assez long. En plus, on annonce une tempête. »

Gene lança, par-dessus la tête de quelqu'un : « Vous étiez au courant de cette assemblée, Mark ?

— Je savais juste que nous étions invités, mes parents et nous.

— Intéressant, grommela Gene. Très intéressant. » Puis, se tournant vers Annette et lui entourant les épaules de son bras : « Ne pleure pas, maman. Tout le monde sait que tu as voulu bien faire. Ça n'a pas marché, mais ce n'est pas ta faute. Je crois que le mieux, à présent, c'est que nous partions tous et que nous laissions ta maison retrouver la paix et la tranquillité. Va te reposer et ne te rends pas malade à cause d'une expérience ratée. Ça n'en vaut pas la peine.

Je reviendrai te voir la semaine prochaine, comme je te l'ai dit, et je passerai la journée avec toi. Je te le promets. »

En ce qui me concerne, ne te crois pas obligé de tenir ta promesse, songea Annette, mais elle n'exprima pas sa pensée. Elle était en effet parvenue à ce stade de découragement où l'on se dit : *Je m'en moque. Que tout s'écroule. Ça m'est complètement égal, maintenant.* Elle avait essayé de se montrer aimante mais ferme avec ses fils, sans résultat. Elle avait espéré qu'entre Cynthia et Andrew une petite étincelle resurgirait quand ils se reverraient. Rien n'avait marché, et tout le monde partait. Eh bien, qu'on en finisse une bonne fois pour toutes.

C'est à ce moment que Marian sortit en trombe de la salle à manger.

« Que se passe-t-il ? s'écria-t-elle. Vous partez ? Mais le déjeuner est servi. »

Malgré ses larmes, Annette retrouva sa dignité d'hôtesse. Elle prit son ton le plus aimable pour présenter Marian : « Certains d'entre vous connaissent déjà ma chère amie Marian Lester.

— Oui, moi ! Moi ! Tu m'as offert la poupée avec le chapeau de paille. Je voulais l'emmener, mais maman n'a pas voulu, elle a dit qu'elle était trop grande pour tenir dans le sac. » Lucy poursuivit son bavardage : « Je vais avoir une poupée garçon grande comme ça, pour mon anniversaire. C'est papy Gene qui va me l'offrir, hein, papy Gene ? Pourquoi tu mets ton manteau ? Tu ne restes pas pour le déjeuner ? Grand-père et grand-mère restent. Nous allons dormir ici. Pas toi ?

— Euh... », fit Gene, qui pensait : Bon sang, nous voilà dans de beaux draps, lorsque Marian monta sur la première marche de l'escalier et tapa dans ses mains.

« Vous ne pouvez pas vous sauver ainsi. Vous ne pouvez pas faire cela à Annette, dit-elle de son ton de professeur. Jenny a préparé un bon repas, auquel vous étiez tous conviés. Vous avez accepté l'invitation, alors, s'il vous plaît, retirez vos manteaux. »

Non mais, pour qui se prend-elle, songeait Daisy, elle nous commande comme aux gamins de sa classe !

Gene rit sous cape. Elle a du cran, quand même. Je crois me souvenir qu'elle est enseignante. Elle tape dans ses mains à la manière d'une maîtresse d'école. Mais jolie femme. Quel mignon petit nez retroussé...

« Madame Lester, dit Lewis. Je comprends, mais ma fille ne se sent pas bien, et il faut vraiment que nous rentrions. »

Marian n'était pas femme à se laisser décourager. « Il est midi passé, et vous avez un long trajet. Vous serez certainement obligés de vous arrêter en route pour manger quelque chose. Alors, il vaudrait beaucoup mieux que vous déjeuniez ici avant de partir.

— Oh oui, je vous en prie », renchérit Ellen, qui espérait que peut-être Andrew et

Cynthia feraient un mouvement l'un vers l'autre, même s'ils ne semblaient guère en prendre le chemin.

« Vous ne pouvez pas faire cela à Annette, ni à Jenny, d'ailleurs, après tout le mal qu'elle s'est donné, dit Marian avec sévérité. Si certains d'entre vous ne se supportent pas – je suis au courant de pas mal de choses, vous savez –, allez séparément dans la salle à manger. Nous avons préparé un buffet. Chacun peut prendre ce qu'il veut et manger où il le désire. Les autres peuvent rester ensemble. Il y a assez de pièces dans cette maison pour que vous vous dispersiez tous.

— Je crois que nous devons rester, maman, dit Cynthia, peinée de voir le visage défait de Gran.

— Je ne comprends pas comment tu peux pardonner à ta grand-mère ce mauvais tour, rétorqua Daisy avec un signe de tête en direction d'Andrew.

— Je ne lui pardonne pas, à proprement parler, mais je suis navrée pour elle.

— Eh bien, tu fais preuve de plus de tolérance que moi. Si elle n'était pas aussi âgée, je lui dirais ma façon de penser. Elle trouve cela amusant ?

— Ne sois pas ridicule, lui reprocha Lewis. Tu la connais mieux que ça. Allez, venez, maintenant », ajouta-t-il d'un ton irrité, en poussant son épouse et sa fille vers la salle à manger.

Quelques minutes plus tard, ils en

ressortaient tous trois, leurs assiettes à la main, et allaient s'installer dans le bureau d'Annette.

Sur la longue table de la salle à manger étaient disposés des tranches de viande froide, une tourte au poulet chaude, une énorme salade de crudités, trois sortes de pains, des biscuits à la mélasse, une tarte aux pêches et une salade de fruits mélangés. Annette avait sorti son plus beau service, en porcelaine ancienne. Au milieu de la table trônait un gigantesque bouquet de roses crème.

Elle sait recevoir, remarqua Andrew. Il s'était produit une certaine confusion pour savoir qui entrerait dans la salle à manger, et comment éviter certains rapprochements. Secoué d'avoir revu sa femme – il continuait de penser à Cynthia comme sa femme, non seulement parce qu'elle l'était encore légalement, mais aussi parce qu'il se sentait toujours lié à elle –, Andrew restait planté au pied de l'escalier sans savoir où aller. Il était tiraillé entre des sentiments contradictoires : la tristesse, une bonne dose de colère, et l'impression très déprimante de se sentir de trop. S'il avait pu, sans déroger aux convenances, quitter les lieux, il se serait volontiers éclipsé.

Juste à ce moment, Gene le salua avec chaleur. « Andrew ! Ça fait une éternité que je ne vous ai vu », s'exclama-t-il, en songeant que c'était dommage que Lewis ne puisse pas l'entendre exprimer sa sympathie au jeune homme. « Venez avec nous. Ellen et Mark vont prendre leur repas dans la véranda. Il y a du carrelage par terre, vous comprenez ; cela évitera les dégâts, au cas où Lucy renverserait de la nourriture. Venez, dépêchons-nous. »

Malgré son état d'esprit morose, Andrew eut envie de rire, tant cette dernière injonction signifiait : « Dépêchons-nous avant que les parents de Mark arrivent les premiers et me fichent à la porte. »

Les parents de Mark furent, en fait, les derniers à s'approcher du buffet.

« Dieu seul sait ce qu'ils vont nous donner à manger, grommelait Aaron. De la salade de crevettes, sans doute.

— Eh bien, tu es assez gras pour pouvoir te passer de déjeuner, si nécessaire », répliqua Brenda, qui commençait à se sentir gagnée par la mauvaise humeur ambiante.

Mais Aaron, qui avait pris son petit déjeuner très tôt, fut soulagé de constater qu'il y avait abondance de légumes et de fruits.

Tous deux s'installèrent dans la bibliothèque, qui leur semblait familière puisqu'ils y avaient déjà passé un moment dans la matinée. Ils avaient quand même l'air plutôt esseulés quand Mark entra dans la pièce avec Lucy, s'assit et commença de manger, avant de lever les yeux de son assiette pour leur sourire. Un sourire qui – tous deux le savaient fort bien – signifiait qu'il comprenait leur malaise. Comme cela aurait été différent s'il avait épousé Jennifer Cohen, songeaient-ils. Ç'aurait été différent pour Ellen, aussi, à vrai dire, si elle avait épousé cet autre homme. Elle vivrait sans doute à Paris, aujourd'hui, dans un quartier prestigieux.

« Nous sommes tous déboussolés, lâcha Mark au bout d'un moment. La situation est étrange, c'est le moins qu'on puisse dire.

— Il n'y a pas que la situation qui est étrange, observa Aaron.

— Ce jeune couple, renchérit Brenda. On pourrait penser qu'après la tragédie qu'ils ont vécue ils se raccrocheraient l'un à l'autre.

— Ce n'est pas si simple, objecta Aaron. Toi qui es assistante sociale, tu ne connais pas la complexité des relations humaines ?

— Si, bien sûr. Quelque chose d'autre a dû se passer, après. C'est évident.

— En effet, mais... pas maintenant, dit Mark avec un regard significatif en direction de Lucy.

— On dirait que quelqu'un vient de mourir dans cette maison, déclara Brenda dans un frisson.

— Ne vous inquiétez pas, les rassura Mark. Ils vont tous se dépêcher de partir avant que le temps se gâte. »

L'obscurité gagnait la pièce. Mark se leva pour allumer. Dehors, le ciel était noir et menaçant. Ils le contemplaient d'un air morne, leurs assiettes sur les genoux, et la conversation languissait. Même Lucy, qui mâchait ses biscuits d'un air songeur, ne disait rien.

Ils levèrent tous les yeux quand Annette entra. Elle évoluait d'une pièce à l'autre, s'efforçant de faire comme si rien n'était plus naturel que les gens se dispersent ainsi aux quatre coins de la maison. Elle s'était repoudré le nez, avait effacé toute trace de larmes et avait décidé de se comporter jusqu'au bout avec dignité. Marian l'avait sauvée, reconnaissait-elle. Marian qui, en ce moment même, servait le café et le thé dans la salle à manger.

« Tout va bien ? questionna-t-elle d'un ton enjoué. Avez-vous assez à manger ?

— Non, répondit Lucy en se levant d'un bond. Je voudrais de la tarte.

— Mais bien sûr. Viens avec moi, je vais t'en donner.

— Grand-père, viens, toi aussi. On va en prendre pour papy Gene, il aime bien la tarte. »

Il y eut un instant de silence, puis Mark intervint : « Grand-père n'a pas fini de manger. Allez-y toutes les deux, Gran et toi. »

Lucy regarda alors Aaron d'un air fâché. « Tu ne veux jamais aller voir papy Gene. Jamais. »

Annette prit la fillette par la main. « Viens, lui dit-elle avec fermeté. Si nous ne nous dépêchons pas, il ne restera plus de tarte.

— On oublie que les enfants observent tout, commenta Brenda après qu'Annette et Lucy furent sorties. Sans comprendre vraiment, ils devinent une quantité de choses que nous croyons leur cacher. Il paraît même que les bébés sont capables de ressentir les humeurs des adultes, selon la façon dont on les prend, ou l'intonation de la voix... » Sa propre voix mourut. Ni son mari ni son fils ne la contredirent.

Rien de tel chez nous, songeait Mark. Nos enfants sont à l'abri de ça. Son Freddie tout potelé et son impétueuse petite Lucy étaient à l'abri.

« Laisse-le, ma chérie », dit Ellen à Lucy qui, voulant embrasser Freddie, lui barbouillait la joue de restes de chocolat.

Par rapport à tout ce qu'on lisait et entendait sur la jalousie entre frères et sœurs, Lucy avait accepté de façon remarquable l'arrivée du bébé. Autant elle pouvait être brusque et audacieuse quand elle jouait avec ses petits camarades, autant elle se montrait douce et attentionnée envers son frère. Peut-être, songeait Ellen, parce qu'elle est entourée de tant d'affection à la maison.

« Ce que je m'ennuie ! » déclara Lucy, ce qui fit rire Gene : « Où a-t-elle entendu ça ?

— Je me le demande, répondit Ellen. Certainement pas auprès de moi. Je n'ai jamais le temps de m'ennuyer.

— Comment ? dit Annette qui venait d'entrer dans la véranda. Bien sûr qu'elle s'ennuie. Maintenant qu'elle a mangé, elle n'a plus rien à faire. Pourquoi ne l'emmènes-tu pas voir les cygnes, Ellen ?

— Il gèle, dehors, fit remarquer Gene, toujours prudent.

— Absurde. Du moment qu'elle est bien couverte, un peu d'air frais lui fera le plus grand bien. À Freddie aussi. »

Ellen, qui partageait l'avis de sa grand-mère et se réjouissait de changer d'atmosphère, alla chercher les manteaux. Elle se sentait mal à l'aise, inquiète même, comme si elle appréhendait quelque chose. Elle n'avait pas l'habitude de s'alarmer pour rien, mais les circonstances présentes étaient exceptionnelles. Avec tant d'ennemis rassemblés sous le même toit, on pouvait craindre une explosion.

Andrew observait Freddie avec un sourire triste, et Dieu sait quelle douleur intérieure. Andrew, cause de la désillusion de Cynthia, et objet du courroux des parents de cette dernière.

Une remarque inopinée pouvait mettre en colère Lewis, ou le père d'Ellen, qui à son tour dirait ou ferait quelque chose qui enflammerait Lewis ou Aaron ; ou encore, Aaron risquait d'offenser le père d'Ellen.

C'était sans fin. Avec toute cette souffrance et cette rage accumulées, même des personnes qui se croyaient civilisées étaient capables d'actes insensés...

Une fois dehors, Ellen aspira une grande bouffée d'air froid. L'herbe brune et gelée craquait sous ses pas. Elle avançait avec précaution vers l'étang, portant Freddie dans ses bras ; Lucy, à son habitude, courait devant.

Même en décembre, l'endroit était splendide. Les arbres dénudés laissaient voir la finesse de leurs branches levées vers le ciel. Les corbeaux, pourtant plutôt laids, avaient une certaine grâce tandis qu'ils s'envolaient de leurs perchoirs et traversaient le ciel à toute allure. Dans les bois qui entouraient la propriété de Gran, un œil exercé pouvait discerner plusieurs nuances de vert parmi les pins, les sapins, les épicéas et les mélèzes ; on distinguait même le bleu cendré d'un épicéa du Colorado, seul individu étranger au milieu de ces conifères autochtones. Il n'avait pas poussé là naturellement, c'était sans doute le grand-père d'Ellen qui l'avait planté. Il faudrait que je le peigne un jour, se dit-elle, tel qu'il est là ou, mieux encore, en été, quand le soleil et l'ombre jouent à cache-cache.

Tous ces gens, enfermés en ce moment dans la maison, feraient bien de venir se promener sur le sentier entretenu par Gran pour les scouts, au milieu des bois. Mais non, ils préféraient ressasser leurs griefs, dont certains étaient trop anciens pour qu'on pût jamais les déraciner. Autant essayer de déraciner un de ces arbres avec une pelle d'enfant.

Non loin du bord de l'étang se trouvait une grosse pierre dont Ellen se souvenait depuis son enfance, avec une partie plate où l'on pouvait s'asseoir. De là, on voyait la totalité de l'étang, jusqu'à sa jonction avec le lac, plus grand.

« Assieds-toi une minute avec moi, dit Ellen à sa fille, et observe autour de toi. Dis-moi ce que tu vois. »

Après avoir regardé de tous côtés, Lucy fit remarquer : « Tu m'as dit que toutes les feuilles tombent, quand il fait froid, mais cet arbre-là a des feuilles.

— On appelle ça un chêne des marais, et c'est le seul arbre qui perd ses feuilles au printemps, à l'époque où tous les autres commencent à avoir des feuilles nouvelles.

— Pourquoi ?

— Je ne sais pas exactement. Mais je chercherai et je te le dirai. »

Elle aurait intérêt à chercher, parce que Lucy s'en souviendrait et lui reposerait la question. Lucy était une enfant passionnée, impatiente et curieuse. Pas besoin de l'avis d'un psychologue pour savoir qu'elle était très intelligente. Ellen sourit : il fallait beaucoup d'énergie si l'on voulait suivre cette fillette de six ans. Freddie avait un caractère fort différent de celui de sa sœur, et une placidité que Lucy n'avait jamais possédée ; il était, pour l'instant, confortablement assis sur les genoux de sa mère, sa tétine à la bouche.

« Il fait trop froid, déclara Lucy.

— Tu as raison. Le froid augmente. On va marcher près du bord de l'étang, pour observer les cygnes, et ensuite on se dépêchera de rentrer. »

Comme elle se sentait bien ici, seule avec ses enfants, dans le calme et le silence ! Elle n'avait guère envie de rentrer, mais il commençait à tomber un peu de neige fondue qui piquait le visage.

« Courons. Tu vois, les cygnes ont brisé la glace et formé un passage pour pouvoir nager. Ils font cela en poussant avec leur poitrine. Ça leur demande beaucoup d'efforts. »

Trois cygnes flottaient sur l'eau, leurs becs orange fièrement dressés, leurs ailes blanches, ébouriffées sur les bords, pareilles à des tutus de ballerine.

« Ça doit être le père et la mère, avec un de leurs enfants qui ne vole pas encore, expliqua Ellen. Tu ne trouves pas qu'ils sont beaux ?

— Je veux en caresser un.

— Oh, tu ne pourras pas. Ils nagent.

— Mais s'ils marchent sur la glace pour venir jusqu'ici ?

— Il ne faut pas les toucher. Ils n'aiment pas ça. Les cygnes peuvent être méchants. Même les chiens en ont peur.

— Est-ce qu'ils aboient après les chiens ?

— Non, ce sont des cygnes muets. C'est-à-dire qu'ils ne font pas beaucoup de bruit, juste des espèces de grognements, parfois. Bébés, ils pépient un peu, c'est tout.

— Où vivent les bébés ?

— Dans un nid, comme les petits oiseaux. Tu te rappelles le nid qu'on vous a montré, à l'école ?

— Un nid de cygne doit être beaucoup plus gros, observa Lucy.

— Beaucoup plus, oui. À peu près aussi grand que le canapé de la maison.

— Où est-il ?

— Très loin, là-bas, de l'autre côté. Je ne suis même pas sûre qu'il y soit encore, en hiver.

— Je veux le voir.

— Pas maintenant. Hé, il neige vraiment. Courons.

— Je veux voir le nid.

— Non, Lucy. J'ai dit non.

— Mais je reviens tout de suite, je te promets.

— Non, Lucy !

— Je reviens tout de suite, maman ! » Et la fillette s'éloigna, fonçant sur la glace en direction des cygnes.

« Reviens ! Reviens, Lucy ! » hurla Ellen.

Horrifiée, elle s'époumonait en regardant courir l'enfant. Les cygnes s'envolèrent dans un grand bruit d'ailes quand Lucy fit un plongeon et disparut ; l'eau noire se referma sur elle...

Ellen jeta des regards affolés autour d'elle puis, posant le bébé sur l'herbe, elle se précipita sur la glace, dérapa, tomba, se releva, et glissa dans l'eau.

Mark et ses parents se trouvaient toujours seuls dans la bibliothèque. Mark, assis près de la fenêtre, regardait d'un air songeur en direction de l'étang.

« Me voici dans une drôle de situation, aujourd'hui. J'ai toujours bien aimé Cynthia, et aussi Andy. Nous jouions parfois au tennis, tous les deux, le dimanche matin. Mais je ne peux pas aller parler à l'un sans blesser l'autre. »

Brenda poussa un soupir. « Les pauvres. Perdre un enfant... c'est ce qu'il y a de pire. »

Aaron, qui écoutait à moitié, frissonna. « Deux enfants. »

Lui aussi était absorbé dans ses réflexions. Il ressentait vivement l'atmosphère de cette maison, de cette pièce pleine de portraits et de livres. Il pensait à ceux qui avaient vécu ici, des Américains de vieille souche, installés depuis des générations dans ce même environnement, au milieu d'arbres plusieurs fois centenaires. Ce devait être un sentiment très fort, songeait-il mais sans envie. Dans une vitrine fermée à clé, séparés des autres livres, il lut les titres des ouvrages : Dickens, Balzac, Thackeray... Comment un homme élevé dans un milieu aussi favorable pouvait-il se montrer aussi haineux que Gene Byrne ?

Aussitôt lui vint la riposte : Et qu'est-ce

qui te rend aussi haineux vis-à-vis de lui, Aaron ? Tu n'as pas été éduqué pour haïr.

« Regarde, dit-il en faisant signe à son fils d'approcher. Ce sont sans doute des éditions originales. Quelles merveilles ! Tous ces grands esprits... »

Au beau milieu de sa phrase, il entendit alors le cri horrifié de Mark.

« Quoi ? Qu'y a-t-il ?

— L'étang. Oh, mon Dieu, elles sont tombées dedans ! »

Brenda courut à la fenêtre. « Où ? cria-t-elle. Où ? Je ne vois rien... »

Mais Mark et Aaron étaient déjà sortis de la pièce, avaient traversé le vestibule, descendu les marches du perron et atteint la pelouse.

Des portes s'ouvraient de tous les côtés sur des visages interrogateurs.

« Que se passe-t-il ?

— Qu'y a-t-il, bon sang ? s'écria Gene, agacé par les hurlements de Brenda. Qu'est-ce que c'est que ce vacarme ?

— Ellen ! lui lança Brenda en se retournant. Ellen... elles sont tombées dans l'étang ! »

Tous se mirent alors à courir, sans manteaux, sous la neige, trébuchant et glissant dans l'herbe, à la suite de Mark et Aaron.

Le chenal était étroit – à peine plus large que le cygne qui l'avait ouvert – et déchiqueté sur un côté, à l'endroit où la glace s'était brisée sous le poids d'Ellen. Mark entra dans l'eau pour attraper Ellen qui se débattait, empêtrée dans sa veste molletonnée et ses grosses chaussures.

« Lucy ! Lucy ! appelait-elle d'un ton implorant.

— Une corde ! Une corde ! » criait Lewis, l'air impuissant. Un bloc de glace craqua sous son poids, et il fit un bond en arrière.

Andrew accourut avec un câble. « Dans mon coffre, expliqua-t-il, hors d'haleine. Peux-tu attraper... » et il tendit le câble à Mark.

« Non ! Non ! C'est Lucy, dit Mark en pleurant. Elle ne va pas... »

Andrew comprit aussitôt ce qu'il voulait dire. *Elle ne va pas être capable de saisir la corde et de s'y cramponner.* L'étang avait quatre à six mètres de profondeur. L'enfant se trouvait au fond. Et si la corde n'était pas assez longue ?

Les quatre hommes – Gene avait rejoint les autres – restèrent un instant comme figés par le désespoir, jusqu'à ce qu'Andrew, prêt à sauter, enlève ses chaussures. Quelqu'un le poussa brusquement sur le côté.

« Laissez-moi faire. Attachez-moi le câble autour de la taille, ordonna Daisy, avant de retirer ses chaussures et sa jupe. Pourvu qu'il soit assez long ! Attachez-le aussi bas que possible. Si, au bout de trois minutes, je n'ai pas tiré dessus, remontez-moi. »

Ellen s'était effondrée sur l'épaule de Mark. Aaron et Gene s'efforçaient de les hisser tous deux sur la glace, mais sans corde c'était presque impossible. Pendant ce temps, Andrew tenait à deux mains le câble, maintenant fortement tendu. Ou bien il était trop court, ou alors Daisy avait atteint le fond et – peut-être – trouvé Lucy.

On n'entendait rien, à part le bruit léger de la neige tombant sur la glace. L'herbe blanchissait à vue d'œil, et le petit groupe horrifié scrutait l'eau, sans une parole, sans un geste, debout dans le froid polaire. On aurait dit des gens observant un avion sur le point de s'écraser. Même les chiens se tenaient tranquilles, semblant deviner qu'il se passait quelque chose d'exceptionnel.

Après un temps qui parut interminable, Andrew sentit une secousse. « Elle tire sur la corde ! » s'écria-t-il.

Lewis se précipita pour l'aider. Gene accourut à son tour, abandonnant Mark qui retenait Ellen avec un bras et, de l'autre, tentait vainement de se hisser sur la glace. Ensemble, Andrew et les deux frères tiraient, glissaient, tombaient, se relevaient, tiraient encore. Enfin la tête de Daisy émergea de l'eau. Elle avait le visage bleu et était hors d'haleine, mais elle tenait Lucy contre sa poitrine.

Du groupe des femmes monta un cri. Toutes, même Jenny, se précipitèrent. Gene prit Lucy dans ses bras, tandis que Daisy se laissait tomber sur la glace.

« Que tout le monde recule ! commanda Andrew. Ce n'est pas solide, près du bord. Reculez. »

La fillette était inanimée. « Oh, mon Dieu, murmura Gene, elle ne respire plus. »

Aaron arracha soudain Lucy des bras de Gene. « Donnez-la-moi », dit-il, et il se mit à courir.

« Par pitié, hurla Mark, que quelqu'un vienne retenir Ellen, je n'en peux plus. »

Andrew et Lewis, après s'être occupés de Daisy, coururent avec la corde, l'attachèrent solidement autour de Mark et Ellen, et tirèrent. Mark, épuisé et transi, trébucha sur la glace. Ellen avait perdu conscience.

« Seigneur, murmura Andrew, l'eau doit être à zéro degré. »

C'était la confusion totale. Aaron déposa Lucy sur l'herbe et, d'une voix tendue et brusque, prit la direction des opérations. « Posez Ellen par terre. Que quelqu'un ramène Daisy à l'intérieur. Vite ! Elle a besoin de vêtements secs, de couvertures et d'une boisson chaude. Allez ! Vous – quel est votre nom ? – Andrew, savez-vous faire le bouche-à-bouche ?

— Non, mais si vous me montrez, je pourrai...

— Je l'ai déjà pratiqué, intervint Lewis. Où dois-je...

— Qu'Andrew accompagne votre femme à la maison. Vous, Lewis, occupez-vous d'Ellen. Moi, je m'occupe de la petite. Vite, vite, vite ! » La mère et l'enfant, allongées côte à côte, ne respiraient ni l'une ni l'autre. « Faites comme moi. Regardez. Faites bouger la tête d'avant en arrière, aussi loin que possible. Regardez-moi. En avant, en arrière. En avant, en arrière. Ouvrez le passage pour l'air. Pincez le nez. Non, comme ça. Pincez. Maintenant, appliquez bien votre bouche sur la sienne, et soufflez. Envoyez l'air... »

La neige tombait sur Aaron, qui tentait de redonner vie à sa petite-fille, et sur Lewis, qui tentait de redonner vie à la fille de son frère.

Gene et les femmes attendaient debout, tremblants de froid dans leurs vêtements légers. Personne ne bougeait. Annette pleurait en silence. Mark était allongé sur le dos. Cynthia, serrant le petit Freddie contre elle, observait son père. Brenda contemplait son mari avec respect ; elle avait confiance : si l'on pouvait faire quelque chose, Aaron le ferait.

Au bout d'un moment qui parut à tous une éternité, Lucy commença soudain à remuer et à tousser. De l'eau jaillit de ses poumons ; elle se mit à pleurer, puis vomit. Mark se leva avec effort, avança en chancelant et prit dans ses bras l'enfant trempée qui sanglotait et tremblait.

Quelques minutes plus tard, Ellen à son tour rejetait l'eau de ses poumons. Elle tenta de se lever, ouvrit les yeux. Une fois revenue à la réalité, elle devint hystérique.

« Lucy ! Où est Lucy ? Et Freddie ? Oh, mon Dieu, qu'est-il arrivé à Freddie ? Je l'ai laissé...

— Freddie va bien. Il est avec Cynthia. Et Lucy est là. Regarde. Elle aussi, elle va bien. Calme-toi, Ellen. Calme-toi, murmura Lewis. Elle est avec Mark. Et voici ton père.

— Il nous faut une voiture. Nous avons besoin d'aide, déclara Aaron. Elles ne peuvent pas marcher. »

Mais Marian, avec son sens pratique, y avait pensé et se dirigeait déjà vers l'endroit où étaient garées les voitures. Quelques instants plus tard, elle revenait au volant de son 4 × 4, dans lequel on hissa Ellen et Lucy, qui s'accrochait à sa mère.

« Quant à nous, nous ferions bien de piquer un sprint, dit Aaron. Il y a plus de vingt minutes que nous sommes dehors, et il ne faut pas plaisanter avec l'hypothermie. »

Trempés et transis, les mains et les pieds gelés, tous ceux qui ne pouvaient tenir dans la Jeep foncèrent vers la maison.

Une heure plus tard, tout le monde était réuni dans la bibliothèque où Jenny, pendant qu'on soignait les rescapés à l'étage, avait allumé un grand feu de bois. D'un côté de la cheminée, Ellen installée dans un fauteuil avec Lucy sur ses genoux somnolait sous une épaisse couverture rouge. De l'autre côté du feu, Mark et Daisy, eux aussi emmitouflés dans des couvertures, étaient assis dans des fauteuils identiques ; Freddie, entre eux deux, jouait par terre avec ses cubes. Sur une table, à portée de main, un grand plateau avec du cognac, du café, du chocolat chaud pour Lucy. Annette, se rappelant que le sucre agissait rapidement sur la fatigue, avait ajouté une assiette de gâteaux.

« Qu'est-ce qu'une personne de mon âge peut faire d'autre qu'offrir de la nourriture ? dit-elle à Marian. Je devrais faire plus, mais je ne sais pas quoi. Je tremble encore, et je me sens inutile.

— Inutile ? Vous êtes bien la dernière personne à pouvoir dire cela.

— C'est ma fidèle amie qui parle.

— Non, je ne dis que la vérité.

— Je n'aurais pas pu m'en sortir aujourd'hui sans votre aide, Marian.

— Ce n'était pas grand-chose, et je suis heureuse d'avoir pu le faire. Maintenant, il faut que je parte.

— Vous êtes sûre que vous ne voulez pas dîner avec nous ?

— Je reste encore une demi-heure. Mais le temps se gâte, et je veux rentrer avant la nuit. »

À part le crépitement du feu, le silence régnait dans la pièce. Les uns récupéraient, les autres, songeait Annette, respectaient le repos des premiers, bien sûr. Néanmoins, elle constata que, pour la première fois depuis leur arrivée, ils étaient tous réunis dans la même pièce. Gene avait pris place sur le canapé à côté d'elle. Andrew avait approché une chaise du canapé, et les chiens étaient couchés à ses pieds. Cynthia, aussi éloignée que possible d'Andrew, se trouvait avec ses parents à l'autre bout de la pièce, pas très loin de Brenda et Aaron. Leurs remarques, faites à voix basse, étaient inaudibles de l'endroit où se tenait Annette. Après le choc que tous avaient subi, durant ces minutes atroces où, dans un silence total, ils avaient douté de retrouver Ellen et Lucy vivantes, cette réaction devait être naturelle, supposait Annette. Ou bien ne serait-il pas plus normal que chacun laisse déborder ses émotions ? Elle n'en savait rien. Mais elle avait conscience qu'il fallait que quelqu'un rompe le silence.

Elle prit donc la parole, d'une voix assez forte pour être entendue de tous, et demanda : « Êtes-vous un peu réchauffés, maintenant ? »

Aaron Sachs affirma, en se tournant vers Daisy : « Moi, oui, mais comment vous sentez-vous, madame Byrne ?

— Daisy, rectifia celle-ci, du ton brusque qui lui était habituel. Je vais bien, merci.

— Vous êtes une véritable héroïne, tante Daisy, déclara Mark. Jusqu'à la fin de mes jours, je... je ne sais pas comment... je ne peux exprimer...

— Deux minutes trois quarts à ma montre sans respirer, précisa Andrew. Jusqu'à la limite.

— Une héroïne, renchérit Aaron. Une héroïne dotée de bons poumons. »

Annette lança un coup d'œil à Gene, qui se racla la gorge et se pencha pour caresser la tête de Roscoe. Puis il se releva et dit, d'un ton presque timide : « Oui. Je ne trouve pas de meilleur mot que merci, Daisy. Un seul mot pour la vie d'un enfant. » Sa voix se brisa. « Merci. Merci, Daisy. »

Le silence retomba pendant quelques minutes. Puis Lewis dit : « Il y avait deux ou trois gars, au club, qui pratiquaient la nage sous la glace. C'était un peu fou. Complètement fou, même. Mais Daisy l'a fait, un jour ; ils lui ont montré comment s'y prendre. J'étais en colère contre elle. Elle est capable de tout, Daisy. »

Annette éprouva un léger sentiment de honte. De quel droit avait-elle fait preuve de mépris – même en son for intérieur – à l'encontre de la « pension anglaise » et du « club » où Daisy s'adonnait aux sports ? Je me suis sentie supérieure, plus « sérieuse », simplement parce qu'elle est différente de moi, se reprocha-t-elle. Mon Dieu, si nous nous regardions vraiment tels que nous sommes, avec honnêteté, peut-être ne serions-nous pas fiers de ce que nous verrions.

« L'hypothermie peut vous mener droit à l'hôpital en quelques minutes, expliquait Aaron. En quelques minutes, pas plus.

— C'est drôle, observa Andrew, quand j'ai rangé le coffre de ma voiture, j'ai failli sortir le câble. Je le gardais depuis le jour où j'ai été pris dans une congère, en allant skier dans le Vermont. Une chance que je l'aie laissé !

— Je n'ai jamais appris à nager sous la glace, dit Mark, ni à ranimer quelqu'un. Maintenant, je veux apprendre.

— La Croix-Rouge, lui conseilla Lewis. Daisy et moi avons suivi un cours. Très intéressant, en plus. »

Ils parlaient tous sans se regarder. Comme s'ils s'adressaient à un public, songeait Annette, ou parlaient en l'air, ou pensaient tout haut.

Cynthia ne disait rien. Elle observait Freddie qui, à force de patience, avait réussi à construire une tour. Elle essaya de se rappeler ce qu'elle avait lu sur les étapes du développement de l'enfant, dans un de ces nombreux ouvrages dont elle s'était débarrassée depuis longtemps. Quelles sottises ! Qu'importe si un beau bébé en bonne santé, comme celui-ci, est un peu plus dégourdi ou un peu plus lent qu'un autre ? Le froid et maintenant la chaleur avaient coloré ses joues. Avec un rire joyeux, il renversa la tour, puis s'appliqua à la reconstruire. Cynthia ne pouvait détacher ses yeux de lui.

Ce qui ne l'empêcha pas de se rendre compte qu'Andrew avait tourné la tête vers elle. Qui regardait-il, Freddie ou elle ? Elle n'aurait su le dire, mais cela importait peu, de toute façon il n'avait pas sa place ici.

Je devrais voir Ellen et Mark plus souvent, songea-t-elle. Dieu sait pourquoi, mais voir Freddie, le prendre dans mes bras quand il pleurait, près de l'étang, a opéré un changement en moi. Je ne me croyais pas capable de tenir à nouveau un bébé dans mes bras.

« C'est l'heure de son repas, dit Mark en se levant.

— Si tu m'indiques ce qu'il prend, se hâta de répondre Cynthia, je le ferai manger. »

Mark sourit. « Tu en as envie ?

— Oui. Je peux ? »

Il acquiesça, et elle sentit qu'il l'avait comprise.

« Il prend un petit pot, et ensuite un biberon. Tout est dans le grand sac, dans l'entrée. Attends, je vais le chercher.

— Non, je trouverai. Il va venir avec moi. Il m'aime bien.

— Demande la chaise haute à Jenny », conseilla Annette.

Cynthia donnait le biberon à Freddie quand Marian, son manteau sur le dos, passa devant la porte du bureau.

« Charmant spectacle, commenta-t-elle.

— Entrez une seconde. Je tiens à vous remercier pour avoir aidé Gran aujourd'hui. Et pour tout le reste...

— Quelle journée épouvantable ! Et pourtant, si bizarre que cela paraisse, il en aura peut-être résulté quelque bien.

— J'en ai le sentiment, oui. Ça va donner à réfléchir à oncle Gene et à mon père. En fait, il me semble qu'ils ont déjà commencé.

— La mort, ou même la perspective de la mort, produit un effet puissant sur les gens.

Je ne l'avais jamais réalisé avant d'être frappée personnellement.

— Gran m'a dit que vous étiez veuve, n'est-ce pas ?

— C'est arrivé sans prévenir. Nous passions le week-end à New York. Nous étions descendus à l'hôtel. Après avoir dîné dans un excellent restaurant et vu un très beau spectacle, nous nous sommes couchés, enchantés. Vers le matin, je l'ai entendu se lever, traverser la chambre, et s'écrouler. »

Marian s'assit sur le rebord d'une chaise. Son visage était sans expression, ce qui, bizarrement, parut émouvoir Cynthia plus que des larmes.

« Il était grand, mince, blond – il avait des origines scandinaves – et sportif. De ces gens dont on pense qu'ils feront des centenaires.

— Cela a dû être affreux...

— Parfois, j'éprouvais de la colère contre lui. Tant d'heures, tant de jours gaspillés... Et voilà qu'il était parti pour toujours. Pour toujours. C'est comme ça », conclut-elle avec un geste fataliste. Puis elle se leva et, reprenant le ton décidé qui lui était habituel, elle ajouta : « Je ne sais pas pourquoi je vous ai raconté ça. Excusez-moi. Quel beau petit garçon ! Il a des yeux magnifiques. Je ferais bien de me dépêcher, il fait déjà nuit. »

Pourquoi je vous ai raconté ça. Cynthia eut un sourire désabusé. Vous vouliez me donner une leçon, voilà pourquoi. Mais cela ne sert à rien, Marian, parce que ma situation, à moi, est tout à fait différente.

Quand elle ramena Freddie dans la bibliothèque, Ellen, tout à fait éveillée à présent, le lui prit des bras. Cynthia se sentit vide, en proie à une désagréable impression de complet détachement. Elle resta là, incertaine, à écouter le rugissement du vent qui ébranlait les vitres.

« Je n'aimerais pas rouler en voiture cette nuit, commenta Annette.

— À propos, s'empressa de dire Andrew. Je vais vous faire mes adieux et partir sans tarder.

— Certainement pas », protesta Annette, qui songeait : Il veut s'en aller parce que Cynthia ne lui accorde pas la moindre attention. « Vous avez plus de quinze kilomètres à faire, et Jenny vient d'entendre à la radio que les routes sont verglacées. Il y a largement de la place pour vous ici. Cette maison peut s'agrandir à loisir. » Après une seconde d'hésitation, elle ajouta, de façon délibérée : « Vous le savez bien, d'ailleurs. Vous êtes venu assez souvent. Rasseyez-vous, Andrew. »

Tout le monde s'agita nerveusement dans la pièce, comme s'ils en avaient assez d'être assis ou, ayant dit tout ce qu'ils étaient capables d'exprimer, avaient conscience de ce qui était tu et en étaient gênés.

Brenda repliait les couvertures rouges, devenues inutiles. Annette annonça :

« Brenda a préparé les lits pour tout le monde. Vous vous rendez compte ? En montant à l'étage, je l'ai trouvée au travail. Vous n'auriez pas dû, Brenda.

— Bah, Jenny est bien assez occupée à la cuisine, et nous sommes vraiment nombreux. Ne vous inquiétez pas, votre armoire à linge est restée en ordre. Je suis très maniaque. Aaron, ne t'assieds pas sur cette chaise, voyons ! Ton costume est encore mouillé.

— Je sais, répliqua Aaron en se levant d'un bond, mais qu'est-ce que je peux faire ? Je n'ai pas apporté de costume de rechange.

— Oh, mais vous êtes trempé ! s'exclama Annette. Quelqu'un a-t-il... quelqu'un peut-il... » Elle regarda autour d'elle. « Gene, tu es à peu près de la même taille que lui. »

Embarrassé, Aaron souligna avec un petit rire : « À peine quinze centimètres de différence. »

Gene était très occupé à caresser Roscoe, ce qui ne lui ressemblait guère, car il ne s'intéressait pas spécialement aux chiens. « J'ai apporté quelques affaires, dit-il d'un air gêné, je vais voir ce que je trouve.

— Eh bien, le problème est résolu », conclut Annette.

Nous verrons bien comment se déroule le dîner, songea-t-elle. Je ne suis sûre de rien, mais au moins nous avons un peu progressé...

« Pourquoi ne pas monter nous reposer ?

suggéra-t-elle d'un ton enjoué. Si vous le désirez, bien entendu. Je crois que nous en avons tous besoin. En tout cas, moi, j'ai besoin d'un petit somme avant le dîner. Nous mangerons à sept heures. »

La table du déjeuner avait été transformée pour le dîner en table de fête, remarqua Andrew. Les bougies, dans des chandeliers d'argent, projetaient leur lumière sur le service en porcelaine jaune pâle. De petits bouquets de roses avaient été disposés au centre de la table, en plus du grand vase. Décidément, Annette savait recevoir. On aurait pu croire qu'elle avait décoré la table pour un mariage, songea-t-il avec quelque amertume... Ce qu'elle avait fait autrefois, d'ailleurs.

Annette, en maîtresse de maison attentive, inspecta la table avec satisfaction. Aujourd'hui, rares étaient les occasions de recevoir dans cette belle pièce, jadis animée de lumières éclatantes et de conversations brillantes. Désormais, elle menait ici une vie calme, avec Jenny et les chiens. Elle se répéta : Bon, d'accord, il y a eu des progrès depuis que nous avons frôlé la catastrophe, cet après-midi. Attendons de voir ce qui va se passer maintenant.

« Servez-vous au buffet et asseyez-vous où vous voulez, indiqua-t-elle. Gene, cela ne t'ennuie pas de servir le vin ? Et toi,

Lewis, veux-tu découper le rosbif, s'il te plaît, tu le fais si bien.

— Ah, le rosbif, soupira Lewis. L'ami du cholestérol. Mais j'adore ça. Je n'en ai pas mangé depuis six mois.

— Aaron et Brenda, il y a des pâtes pour vous. Jenny a mitonné une sauce tomate sans viande, une vraie merveille. Et nous avons des légumes en quantité. »

Annette faillit éclater de rire, tant Aaron était ridicule dans son costume d'emprunt.

« Si vous avez envie de rire, ne vous privez pas, dit ce dernier. Je me suis aperçu dans la glace en descendant.

— Vous lisez dans les pensées des autres, ma parole ! Eh bien, pour être franche...

— Ne prenez pas tant de précautions, reprit Aaron, en riant à son tour. On voit bien que vous avez du mal à vous retenir. »

Le pantalon, trop long d'au moins quinze centimètres et trop large à la taille, était attaché avec des épingles de nourrice.

« Tant que je reste assis, personne ne s'aperçoit de rien et je garde ma dignité.

— Comment sont les pâtes ?

— Excellentes, merci.

— Vous vous êtes donné tant de mal pour nous, dit Brenda.

— Pas du tout. C'était un plaisir. »

Mark, qui observait sa mère à l'autre bout de la table, se sentit fier d'elle. Quelle femme aimable ! Il ne s'était jamais interrogé sur son personnage public, sur l'impression qu'elle donnait aux autres – hormis son beau-père, dont il ne connaissait que trop les préjugés. Elle portait une belle robe noire et un petit collier en or ouvragé, et se tenait assise, calme et confiante. Il éprouvait une grande tendresse à son égard.

Tendresse qui le submergea. Ellen, son amour, était là aussi, avec Lucy, perchée sur les deux volumes de l'*Oxford English Dictionary* d'Annette. Quant à Freddie, il dormait en sécurité à l'étage, dans son petit lit pliant. Inutile de dire que Mark tenait à eux plus qu'à sa propre vie. Ce soir, pourtant, il avait l'impression que sa capacité à se sentir en harmonie avec les autres êtres humains s'était accrue. Il aurait pu affirmer que, à des degrés divers, il « aimait » – quel que soit le sens qu'on donne à ce mot – tous ceux présents dans la pièce.

Annette devina ses pensées et en fut émue. Une fois de plus, elle perçut que l'atmosphère se détendait un peu ; les douze personnes – un beau et bon chiffre – réunies autour de la table commençaient à converser. Elle prit soudain conscience de ses muscles tendus, raidis. Il fallait qu'elle se décontracte.

Ils avaient tous l'air de gens très civilisés. C'étaient pourtant les mêmes personnes qui avaient eu, le matin, dans le vestibule, un comportement de sauvages. Peut-être avaient-ils sérieusement réfléchi, durant leur petite sieste...

Elle promena un regard satisfait sur ses

deux fils – était-ce le hasard seul qui les avait placés côte à côte ? –, puis sur la robe rose de Lucy, la chevelure aux reflets cuivrés d'Ellen, la barbe bien taillée d'Aaron Sachs.

Mais quand ses yeux se posèrent sur Cynthia... ah, là c'était une autre histoire ! Impeccable dans son ensemble en soie grise et son indispensable collier de perles, elle avait l'air d'une statue, froide, distante, inexpressive. Un combat douloureux, entre compassion et agacement, se livrait dans le cœur d'Annette. Les parents de Cynthia avaient fait un pas vers Andrew, semblait-il. Mais sa qualité de grand-mère lui donnait-elle le droit de juger ?

« Vous savez que je suis tombée dans l'eau ? clama Lucy à la cantonade. Je ne me rappelle pas comment j'en suis sortie, mais j'en suis sortie.

— C'est tante Daisy qui t'a sauvée, lui expliqua Ellen. Tu peux la remercier. »

La fillette dégringola de son siège, entraînant avec elle les dictionnaires, courut vers Daisy, lui sauta au cou, l'embrassa et déclara : « Je raconterai à tout le monde dans ma classe ce que tu as fait. »

Un vrai petit diable, songea Daisy en serrant Lucy contre elle. De l'énergie pour deux. Ellen devait avoir du mal à la tenir. Adorable, quand même, vraiment adorable. C'est idiot, mais maintenant je me sens possessive vis-à-vis d'elle.

« Plus j'y pense, et plus ce que Daisy a fait

me paraît incroyable, affirma Gene. Comment pourrai-je jamais vous exprimer... vous remercier... tous... Si je devais vivre cent ans... Excusez-moi. » Un peu confus, il s'essuya les yeux.

Lewis, avec gaucherie, tapota le bras de son frère. « C'est bon. Tu l'as déjà dit, et nous le savons tous. Nous le savons. »

Aaron, assis en face des deux frères, était surpris de ses propres réflexions : Curieux. Je n'aurais jamais imaginé ce genre d'homme capable de pleurer. Cette fameuse impassibilité. Bien sûr, je suis très éloigné de lui. Nous vivons dans la même ville, mais dans des univers différents. Pourtant, nous voilà réunis ici, et nous éprouvons les mêmes émotions – cette petite fille, cette jeune mère, aujourd'hui –, et nous avons les mêmes besoins : nous avons faim, nous mangeons, nos organismes sont semblables, je suis bien placé pour le savoir. Les rares fois où j'ai rencontré l'aîné, je n'avais pas d'opinion particulière, ni positive ni négative. Un gentleman, un point c'est tout. Froid. Je constate que les deux frères se ressemblent. La seule différence, c'est que la fille du premier n'a pas épousé mon fils. On dirait qu'ils sont en train de se réconcilier. Je l'espère pour Annette. Pour eux, aussi. Ce genre d'histoire dans une famille est désastreux.

« Jusqu'à la fin de mes jours, disait Gene, j'aurai des cauchemars en songeant à ce qui aurait pu arriver.

— Oui mais, bon, ce n'est pas arrivé, rétorqua Lewis. Quant aux cauchemars, je crois que nous en avons eu notre part, tous les deux. »

À ces mots, les conversations cessèrent. Annette, qui bavardait avec Brenda, dressa l'oreille. Daisy, qui avait commencé à parler avec cordialité avec Andrew – bien qu'elle l'eût rudoyé, il s'était montré extrêmement gentil avec elle, aujourd'hui, et elle en avait fait la remarque à Cynthia –, s'interrompit soudain.

« Oui, répéta Lewis, nous en avons fait, des cauchemars. »

Je dois reconnaître, songeait-il, que je me suis peut-être laissé bêtement influencer, en fin de compte. S'il ne s'était pas agi de Sprague – son grand-père juge, le prestige de sa famille –, je serais sans doute allé le trouver et j'aurais exigé la vérité. J'aurais fait du raffut. « J'ai l'impression de voir les choses autrement, aujourd'hui, avoua-t-il.

— Oui, approuva Gene. Oui, je comprends ce que tu veux dire. Selon les circonstances, on considère les choses sous un autre jour. Cliché, peut-être, mais les clichés ont du vrai. »

Et il se demandait maintenant si Jerry Victor n'avait pas été, en effet, un perturbateur qui poursuivait des buts personnels. Ce qui n'aurait rien changé au fait que Sprague était de toute évidence coupable ; mais cela aurait expliqué en partie la répugnance de Lewis à mettre en cause Sprague. Peut-être que, si Sprague avait été mon ami, j'aurais hésité, moi aussi. J'ai été prompt à condamner. Je me suis braqué contre Lewis, sans même chercher à comprendre, ni à pardonner.

Annette observait ses fils. Cela avait dû être dur pour Gene d'être le plus jeune, de venir toujours en second et de toujours devoir attendre, même pour entrer dans l'affaire. Bien sûr, c'était inévitable, mais cela ne pouvait manquer de susciter de la jalousie chez le cadet. Ensuite, l'aîné prenait conscience de cette jalousie...

Soudain, des paroles qu'elle n'avait nullement l'intention de prononcer sortirent de sa bouche : « C'est l'orgueil qui vous a empêchés de discuter de cela, tous les deux. L'orgueil. Votre père avait le même défaut.

— C'est la première fois que je t'entends critiquer papa ! s'exclama Lewis.

— Mais qu'est-ce que tu crois ? Qu'il était parfait ? Qui est parfait, tu peux me le dire ? L'orgueil..., répéta-t-elle, presque en colère.

— *Celui qui pèche par orgueil, Dieu le rabaissera ; celui qui fait preuve d'humilité, Dieu l'élèvera.*

— Aaron ! s'écria Brenda. Mais qu'est-ce qui t'arrive ?

— Il ne lui arrive rien, intervint Daisy. C'est une phrase de la Bible. Mon père citait toujours la Bible.

— Mais ici, et maintenant ! » Puis elle ne

put s'empêcher de rire. « Je vais vous dire, il a dû boire trop de vin.

— *Raillerie dans le vin ! Insolence dans la boisson !* » cita encore Aaron avec un clin d'œil.

Tout le monde éclata de rire, ce qui attira Jenny hors de la cuisine ; elle regarda, sourit et hocha la tête, incrédule.

« Je veux danser, déclara Lucy. On danse toujours, à la maison.

— Mark et moi, nous aimons danser de temps en temps, expliqua Ellen. On met un disque et on roule les tapis. Lucy a son propre disque. Elle veut devenir ballerine.

— Quelle est la musique qu'aime Lucy ? demanda Annette.

— *Gaîté parisienne.* Vous l'avez ?

— Oui. Mais ce tapis ne se roule pas.

— Ça ne fait rien, je danserai dans le couloir », assura Lucy.

Elle focalisait l'attention sur elle de façon excessive, Ellen le savait, mais aujourd'hui, pourquoi pas ? Aujourd'hui, elle pouvait tout se permettre.

La musique démarra. Tout le monde se leva pour voir danser Lucy. La fillette, consciente de son importance, mais, plus encore, attentive au rythme de la musique, fit tournoyer sa jupe et arrondit les bras au-dessus de sa tête.

« Qui veut danser avec moi ? lança-t-elle.

— Moi », répondit aussitôt Aaron.

Retenant son pantalon d'une main, de

l'autre il fit virevolter Lucy d'un bout à l'autre du corridor.

« Quel homme sympathique ! murmura Daisy à l'oreille d'Annette, au milieu de l'éclat de rire général. Je dois réviser mon jugement. Lui et sa femme paraissaient si empruntés, si peu à leur place, ce matin, dans la bibliothèque ; on aurait dit qu'ils étaient mécontents d'être là.

— On ne peut jamais savoir qui sont les gens avant de les connaître », répondit Annette.

Elle songeait à Daisy. Qui aurait pu dire pourquoi elle prenait ses « grands airs », comme disait Annette ? À cause d'un sentiment d'insécurité, peut-être ? Mais elle possédait une vraie bonté, et un courage incroyable... Annette lui prit la main et la serra avec chaleur.

« Mark, Ellen, appela Aaron, venez. »

Comme il est gentil avec Ellen, remarqua Gene. Et la façon dont il a ranimé Lucy. Bien sûr, il est médecin, c'est normal, mais quand même, le voir redonner vie à ce petit corps... Et Brenda, qui a pris l'initiative de préparer les lits, d'apporter du café et des couvertures...

Lucy l'appela : « Viens, papy Gene, viens danser, toi aussi. »

Et papy Gene alla rejoindre les danseurs, qui virevoltaient à toute allure, jusqu'au moment où Aaron finit par s'arrêter.

« Je suis hors d'haleine. En plus, je

marche sur mon pantalon. Ou plutôt, sur le pantalon de Gene.

— Je sais d'où mon mari tient son sens de l'humour, affirma Ellen, quand ils se furent tous rassis.

— L'humour de papa est bien supérieur au mien, rectifia Mark en hochant la tête. Le plus comique, c'est qu'il est absolument sérieux tout en étant drôle. Et quand il est vraiment sérieux, en colère à propos de quelque chose... gare ! Ce n'est pas vrai, maman ?

— Oh ! là ! là ! fit Brenda. Les hommes...

— Les hommes..., répéta Ellen en écho.

— Quand ils sont en colère, on dirait des bébés », renchérit Daisy.

C'est à nouveau comme au bon vieux temps, dans cette maison, songeait Annette avec un peu d'ironie et beaucoup de jubilation. Mais que se serait-il passé si l'on n'avait pas frôlé la tragédie ? Quelle honte, s'il fallait un drame pour apporter la paix. Non, se dit-elle. Têtue comme je suis, j'aurais trouvé un moyen, c'est certain.

Quand tout le monde eut pris du dessert – une magnifique meringue avec des fraises –, Mark se leva, son verre de vin à la main.

« Je propose de porter un toast à ta santé, Gran. Reconnaissons-le : ce matin, nous étions tous très contrariés par ton petit plan. Et maintenant, poursuivit-il avec le sourire, nous devons nous excuser, te remercier et te souhaiter de vivre cent vingt ans.

— Merci, mais cent ans suffiront. Sérieusement, j'ai pris des risques, non ? Hier soir, j'étais si affolée que j'ai appelé mon amie Marian à l'aide. Et à présent... Je vous regarde tous... Mieux vaut que je me taise, sinon je vais fondre en larmes. »

Oui, songea Cynthia, mais moi, elle ne me regarde pas beaucoup, ni Andrew non plus. Tu as détruit tous mes sentiments pour toi, reprochait-elle en silence à ce dernier.

Elle lui jeta un bref coup d'œil et détourna le regard. Il avait le nez baissé sur son assiette. Il ne sait même pas ce qu'il a fait, se disait-elle. Et mes parents, qui m'aiment, ne le savent pas non plus. Je les ai vus lui parler, tout à l'heure. Quel revirement ! Comment est-ce possible ? Ils espèrent que je me réconcilierai avec lui. Oh, je l'ai bien vu soutenir ma mère pour revenir de l'étang, puis lui apporter des serviettes chaudes, une couverture et du café. C'est bien beau, mais en quoi suis-je concernée ? Quand je regarde Ellen et Mark, je suis heureuse pour eux ; ils se méritent l'un l'autre. Et papa et oncle Gene... je suis heureuse pour eux aussi. Il était grand temps. Mais tout cela n'a rien à voir avec ce qui m'est arrivé, à moi.

Ils se levèrent de table, et Annette proposa : « Prenons le café près du feu, ou du moins ce qui en reste. »

Dans la bibliothèque, le feu de cheminée jetait son éclat mourant sur les rangées de livres qui formaient une mosaïque de coloris doux. Le service à café était posé sur une table, à côté d'une montagne de macarons au chocolat.

« Seigneur ! s'exclama Annette. D'où sortent-ils ?

— Ils viennent de ta pâtisserie préférée, dans l'East Side, répliqua Gene.

— Oh ! vous aussi, vous êtes allé là ? s'écria Brenda.

— Les nôtres aussi en viennent, avoua Daisy.

— Chacun de nous a voulu se distinguer ! » commenta Ellen.

Les rires se déchaînèrent. Cette absurde histoire de macarons réchauffa le cœur d'Annette. La paix régnant dans la pièce, elle se mit à observer et à écouter autour d'elle.

Brenda examinait les tableaux. Ellen montrait un album de photos à Lucy. Daisy inspectait les livres sur les étagères. Les hommes, à l'exception d'Andrew, discutaient dans un coin.

« J'économise, expliquait Mark, je veux acheter une galerie. Si j'y arrive, ce sera la réalisation de mon rêve. Et il me restera du temps pour travailler à mon livre. Un éditeur est déjà intéressé. »

Tout cela parut très valable à Gene.

« Bon, poursuivit Mark, peut-être que cela se fera, peut-être que non. De toute manière, Ellen et moi sommes satisfaits de notre sort.

— Pourras-tu obtenir un prêt ? questionna Aaron.

— C'est très difficile sans de sérieuses garanties. »

Les deux pères se regardèrent quelques instants. Gene finit par dire : « Il me semble que cela vaudrait la peine d'en discuter.

— Absolument, approuva Aaron. Quand quelqu'un a une passion, c'est dommage qu'il doive attendre toute sa vie pour la réaliser. » Et Gene eut un sourire entendu.

« C'est l'heure d'aller au lit, lança Ellen. Lucy tombe de sommeil.

— Nous tombons tous de sommeil, je crois, dit Aaron. Nous avons eu une journée épuisante, c'est le moins qu'on puisse dire. »

Annette fut la dernière à monter, après avoir éteint toutes les lumières. En refermant la porte de sa chambre, elle entendit Lewis dire à Gene : « Tu as vu maman ? Tu as vu comme elle a l'air heureuse ? »

Oh, oui, elle était heureuse... sauf pour Cynthia... Toute la soirée, elle avait cherché son regard, pour lui transmettre un message et une prière. Mais, manifestement, Cynthia ne voulait rien entendre...

Mais qu'est-ce qui ne va pas, chez moi ? s'interrogeait Annette en s'allongeant dans son lit. Je veux la perfection, voilà ce qui ne va pas. Comme si cette soirée ne suffisait pas. Je veux davantage. Je veux tout. Et je suis si impatiente.

Chacun s'était retiré dans sa chambre. Cynthia avait l'impression que cela faisait une éternité qu'elle n'avait pas dormi sous le même toit qu'Andrew. Il lui revint en mémoire que, la première fois qu'ils avaient dormi ensemble dans cette maison, c'était quand Gran avait donné une réception en leur honneur, au retour de leur voyage de noces.

Mieux valait oublier cela, maintenant. Il y avait pourtant, dans la vie de tout être humain, des moments qui refusaient de se laisser oublier : des moments d'indicible horreur, comme aujourd'hui, ou des moments comme celui fixé sur la photographie si joliment encadrée que Gran, pour une raison connue d'elle seule, avait posée sur la commode de cette chambre. Andrew en jaquette et pantalon rayé, elle dans des flots de soie blanche, garçons et demoiselles d'honneur en rang de chaque côté. Tout le monde souriait, et tous deux étaient si heureux qu'ils en avaient les yeux brillants de larmes. Debout dans la lumière de la lampe de chevet, elle examina la photo.

Quelle innocence ! L'été, les fleurs, la bouteille de champagne dans la chambre, les baisers et toute la joie du monde, après. Heureusement qu'on ne sait pas ce qui nous arrivera demain, encore moins après-demain. Nous avions l'approbation de tous, nous avions tout pour être heureux, alors qu'Ellen et Mark étaient obligés de fuir pour échapper à l'orage.

Elle s'approcha de la fenêtre. Il avait cessé de neiger, l'étang brillait dans l'obscurité. Cynthia revit toute la scène atroce de l'après-midi : l'angoisse d'Ellen, Daisy enlevant sa jupe, Andrew tirant sur la corde, les pleurs du bébé abandonné sur l'herbe...

Quand nous étions réunis près de la cheminée, et ensuite au dîner, j'aurais dû partager sans mélange leur soulagement et leur gratitude. Mon cœur était avec eux, bien sûr, mais en même temps quelque chose me séparait d'eux, comme si j'étais étrangère à ce qui se passait. On peut, à l'écoute d'un récit tragique, avoir les larmes aux yeux parce qu'on est un être humain capable de compassion, et pourtant se sentir seul.

Cynthia écarta le rideau et observa les nuages qui se dissipaient lentement. Il y aurait peut-être même du soleil, demain. Ils partiraient de bonne heure. Puis ses parents retourneraient le plus tôt possible à Washington. Elle n'était pas fâchée contre eux mais, indéniablement, blessée. Ils n'avaient pas besoin de se montrer aussi cordiaux envers Andrew, se dit-elle de nouveau. Je vais reprendre le travail. Voilà ce qu'il me faut. Travailler.

Il était encore tôt – trop tôt pour dormir – mais elle avait apporté deux livres ; elle pourrait lire confortablement au lit. Elle avait toujours eu l'impression que cette maison était un peu la sienne. Gran avait le sens du confort. Dans cette chambre, dont le grand lit avait au moins cent ans, la lampe de lecture était parfaite, l'édredon en plumes léger, et il y avait une minuscule plante en pot sur le rebord de la fenêtre.

Cynthia, fatiguée, prit une douche rapide, prépara sa tenue du lendemain, et enfila une liseuse sur sa chemise de nuit en mousseline. Elle se fit la réflexion que ces vêtements dataient d'une époque où elle avait un mari et une carrière – lesquels n'étaient plus d'actualité.

Elle lisait depuis peu quand on frappa à la porte. Gran, sans doute, qui aimait bien bavarder un peu avant de se coucher. Gran, aussi, qui devait avoir besoin de l'assurance que Cynthia lui pardonnait sa « petite manigance ». Pauvre Gran, qui croyait pouvoir arranger les problèmes de tout le monde. Souriant à cette pensée, la jeune femme se leva et ouvrit.

« Je peux entrer ? chuchota Andrew.

— Mais qu'est-ce que tu crois ? répondit-elle d'une voix basse et furieuse. Non, tu ne peux pas entrer.

— Je t'en prie, Cynthia. Je suis déjà presque à l'intérieur. »

Comme elle avait ouvert la porte en grand, il avait en effet à moitié pénétré dans la chambre. Il referma la porte et s'y appuya.

« Qu'est-ce que tu fais ? Tu en profites parce que je ne peux pas faire d'esclandre ?

— Fais-en un si tu veux. Tu es dans ton droit. Après tout, je fais intrusion dans ta chambre. Ça peut juste paraître un peu bizarre, parce que, dans les faits, je suis toujours ton mari et j'ai le droit de me trouver dans ta chambre.

— Très drôle ! Espèce de macho ! Vas-y, dis ce que tu as à dire et va-t'en. »

Il l'examina de haut en bas. « Je me souviens de cette chemise de nuit. Ma couleur préférée, bleu ciel. »

Elle avait envie de le gifler, pour effacer de son visage cette expression indéchiffrable, mélange de tristesse et de supplication.

« Tu me dégoûtes. Vas-y, profite de ton avantage de mâle, du fait que tu as vingt centimètres et trente kilos de plus que moi.

— Cindy, en sommes-nous encore là ? Il est temps d'en finir. Grand temps.

— C'est pour me dire ça que tu es venu ? Tu gaspilles ton énergie et la mienne. Tu m'as dérangée en pleine lecture.

— Écoute-moi, je t'en prie. J'ai été aussi bouleversé que toi, quand nous nous sommes retrouvés face à face, ce matin. J'avais cessé de tenter de communiquer avec toi depuis qu'un policier m'a surpris en train de rôder à ta – à notre – porte. Enfin, pour être exact, j'avais presque cessé. Alors, quand Gran m'a invité, j'ai cru qu'elle avait peut-être des nouvelles pour moi. De bonnes nouvelles.

— Il est trop tard pour ça.

— Pourquoi ? Je pensais qu'après ce que nous avons vu ici aujourd'hui, tu prendrais conscience qu'il n'est jamais trop tard.

— Pour toi et moi, si, insista-t-elle.

— Pas pour moi, Cindy. Quand je t'ai vue avec Freddie dans les bras, cet après-midi, je me suis souvenu...

— Je sais très bien de quoi tu t'es souvenu. Moi aussi, je me souviens – de ça, et de bien d'autres choses encore. » Elle avait envie de le blesser et, avec une étrange perversité dont elle était tout à fait consciente mais qu'elle n'aurait su expliquer, elle avait envie de souffrir, elle aussi.

Andrew s'assit, se prit la tête dans les mains et resta un moment ainsi, sans parler. Il était pâle et amaigri. Il avait l'air vaincu. Tout cela, Cynthia le voyait, et pourtant elle voulait le blesser.

« Évoquer le passé, comme tu le fais... quelle indécence ! Tu trouves que tu ne m'as pas fait assez de mal ?

— Cette idiote de femme... crois-tu qu'elle ait eu la moindre importance à mes yeux, bon sang ? Je ne me rappelle même pas son nom, si je l'ai jamais su. Je ne la reconnaîtrais pas si je la rencontrais dans la rue.

— Tu m'as déjà dit ça cent fois. Vas-tu sortir de cette pièce, ou as-tu l'intention de rester assis là toute la nuit ? Je me gèle et je voudrais retourner au lit.

— Je resterai ici toute la nuit s'il le faut, Cindy. Recouche-toi si tu as froid.

— Avec toi dans la chambre ? Tu as perdu la tête ?

— Remets-toi au lit. Je ne te toucherai pas. Je ne m'attaque pas aux femmes. Ce n'est pas mon genre.

— Vraiment ? Voilà qui est intéressant. »

Une fois recouchée, Cynthia remonta l'édredon et appuya son livre sur ses jambes repliées.

« Comment as-tu pu faire ça ? éclata-t-elle soudain.

— Cindy... Je ne cherche pas d'excuse. Je suppose que, dans cet instant de folie, j'ai juste eu besoin de me sentir vivant à nouveau. J'étais mort depuis si longtemps...

— *Tu* étais mort ? Et moi ? Qu'est-ce que j'étais, moi ?

— Morte aussi. Mais je crois... j'espère que, si c'est toi qui avais fait ça, je t'aurais pardonné. »

Morte, oui, songea-t-elle. Nous n'avions pas fait l'amour depuis plus de six mois. Quand on a le cœur brisé, le reste casse aussi.

« Je ne cherche pas d'excuse, répéta Andrew. Je ne peux que te redire ceci : je t'ai causé du tort, et je le regrette. J'étais un peu cinglé, c'est vrai.

— Mort et cinglé à la fois ? Ce n'est pas banal ! »

Andrew se leva et s'approcha du lit. Pâle et maigre, observa-t-elle à nouveau. Comme moi. Cette histoire nous a tous deux anéantis.

« Tu as vu ce qui s'est passé aujourd'hui, reprit-il, et ce qui aurait pu arriver. Le monde est plein de dangers. Mais nous ne devons pas nous arrêter de vivre pour autant.

— Quelle noble philosophie, dit-elle d'un ton amer.

— Que puis-je dire d'autre, alors, sinon te demander d'essayer encore une fois ?

— Je ne peux pas, répondit-elle en tremblant. Je ne peux pas revenir en arrière. Laisse-moi dormir. Veux-tu partir, maintenant ? »

Il hocha la tête négativement.

« Qu'est-ce que tu vas faire ? Rester debout toute la nuit ?

— Non. Dormir sur le plancher.

— Va au diable ! J'éteins. »

Elle demeura longtemps éveillée. Elle suffoquait sous le poids des souvenirs douloureux : la mort des jumeaux, le désespoir, la trahison.

L'horloge, sur le palier, sonna un coup. Une heure du matin. Elle avait dû s'assoupir ; on avait parfois du mal à distinguer les rêves endormis des rêves éveillés. Il n'y avait pas le moindre bruit dans la chambre. Andrew avait dû s'éclipser pendant qu'elle dormait. Elle alluma la lumière.

Il dormait, allongé par terre au pied du

lit. Il avait enlevé sa veste et – aussi maniaque que Cynthia – l'avait accrochée au dossier d'une chaise. Il faisait trop froid dans la pièce pour dormir en chemise sur le plancher. Sur le fauteuil, dans un coin de la chambre, il y avait un jeté de lit, tricoté sans doute par la mère de Gran ; Cynthia le prit et en couvrit Andrew.

Elle le regarda dormir. Étendu sur le dos, parfaitement droit, on aurait dit qu'il reposait dans un cercueil. Il ne portait plus son alliance. Sa barbe commençait à pousser. Il avait eu toujours besoin de deux rasages par jour.

Étrange de penser qu'elle était la seule personne au monde à tout connaître de lui, du moins tout ce qu'on peut connaître d'un autre être humain. Elle savait qu'une histoire de chien perdu, dans un livre ou un film, lui faisait monter les larmes aux yeux. Qu'il avait en permanence une brosse à dents dans son attaché-case. Et qu'en privé il mangeait souvent avec les doigts. Une vague de pitié totalement inattendue saisit Cynthia à la gorge.

Je l'ai entendu se lever, avait dit Marian, *je l'ai entendu traverser la chambre et s'écrouler.* Elle avait dit aussi quelque chose comme : *Nous avons perdu tellement de temps.*

Trop d'orgueil, avait affirmé Annette.

Et Aaron avait cité la Bible : *Celui qui pèche par orgueil, Dieu le rabaissera.*

Elle était là, debout, tremblant de froid.

Elle éprouvait une telle colère. Va-t'en au diable, disait-elle en silence, tandis que les larmes coulaient sur ses joues.

Il avait dû, dans son sommeil, percevoir sa présence, car il ouvrit les yeux. La lumière l'éblouit. Surpris, il se redressa.

« Il est arrivé quelque chose ?

— Je t'ai couvert, c'est tout. »

Il regardait ses larmes, elle regardait ses mains, écorchées et pleines d'ampoules.

« Tes mains..., dit-elle.

— Le frottement de la corde...

— Elles sont restées comme ça toute la journée ? Pourquoi n'as-tu rien dit ?

— Je ne sais pas. Ça ne paraissait pas bien grave, comparé aux autres événements.

— Je n'ai pas de vaseline, mais la crème pour le visage fera l'affaire pour le moment. »

Andrew se leva, s'assit sur le lit et tendit les mains. Cynthia, les yeux toujours remplis de larmes, les lui frictionna avec douceur.

Quand elle eut terminé, il la contempla longuement, calmement, puis il la prit dans ses bras.

« Va au diable », dit-elle, et elle se mit à rire.

« Nous recommencerons, Cindy. Nous pourrons de nouveau tout avoir. Crois-moi. Tout. Tu comprends ?

— Oui.

— Éteins, chérie. Nous avons attendu si longtemps. »

En décembre, le ciel peut être aussi bleu qu'en mai, songeait Annette le lendemain matin, tandis que ses invités rassemblaient leurs affaires pour partir.

« Je pensais à ton amie Marian, lui dit Gene à voix basse. Tu vas peut-être trouver ça idiot, mais, tu sais, par certains côtés elle me rappelle Susan.

— Ce n'est pas idiot du tout. Elle lui ressemble, oui : un peu de rudesse et beaucoup de douceur.

— Je pourrais lui téléphoner, un de ces jours. L'inviter au théâtre ou ailleurs. »

Touchée et amusée par l'apparente timidité de son fils, Annette répondit : « Bien sûr. Pourquoi pas ? »

On chargeait les voitures. Lewis et Daisy devaient rentrer de leur côté, et Cynthia partir avec Andrew. Il suffisait de regarder ces deux-là pour comprendre qu'ils avaient passé la nuit ensemble. Cynthia, voulant s'assurer que sa grand-mère le savait, n'avait pu s'empêcher de la serrer dans ses bras et de lui chuchoter « Merci » à l'oreille.

« Tout va bien ? avait questionné Annette avec un clin d'œil.

— Oui, Gran, tout va très bien. »

Quand ils partirent, elle les regarda s'éloigner jusqu'à ce que les voitures disparaissent. Elle se tourna alors vers la maison, et cette phrase du poète Robert Frost lui revint à l'esprit : *Le foyer est le lieu de nos attaches profondes*. Aucun des miens n'était obligé de venir ici ; c'est moi qui ai voulu qu'ils viennent. Et elle s'interrogea : Fallait-il un drame pour que les gens se rendent compte à quel point sont précieux l'amour et le foyer ? J'espère que non, se dit-elle, mais peut-être que oui, parfois.

Dans la bibliothèque, elle s'arrêta devant le portrait de son mari.

« Eh bien, Lewis, dit-elle tout haut, nous avons traversé pas mal d'épreuves, depuis que tu nous as quittés. Tu seras heureux d'apprendre qu'elles sont terminées. Oh, je ne suis pas naïve au point de croire que Gene et Aaron vont devenir une paire d'amis, ils sont trop différents pour ça. Mais au moins ils s'acceptent l'un l'autre ; ainsi, ils seront plus naturels quand ils se reverront, et les enfants n'auront pas à subir leur inimitié. Et nos fils sont enfin réconciliés, Dieu soit loué. Qu'Il le soit aussi pour Ellen et Lucy, pour Andrew et Cynthia. Pour tout. »

Dehors, le soleil brillait, et le givre scintillait sur les branches des arbres.

« Viens, Roscoe, appela Annette, on va se promener. Venez, les chiens. Je vais chercher mon manteau. Allons-y. »

Cet ouvrage a été réalisé par la
SOCIÉTÉ NOUVELLE FIRMIN-DIDOT
Mesnil-sur-l'Estrée
en octobre 1999

Édition exclusivement réservée aux adhérents du Club
Le Grand Livre du Mois
15, rue des Sablons
75116 Paris
réalisée avec l'aimable autorisation des éditions Belfond

Imprimé en France
Dépôt légal : septembre 1998
N° d'impression : 48703
ISBN : 2-7028-2281-9